越中なさけ節——小料理のどか屋人情帖39

目次

越中なさけ節　小料理のどか屋 人情帖39・主な登場人物

時吉……………のどか屋の主。元は大和梨川藩の侍・磯貝徳右衛門。長吉屋の花板も務める。

おちよ…………大おかみとしてのどか屋を切り盛りする時吉の女房。父は時吉の師匠、長吉。

千吉……………祖父長吉、父時吉の下で板前修業を積んだ「のどか屋」の二代目。

およう…………万吉、おひなを育てながら、のどか屋の「若おかみ」として働く千吉の女房。

長吉……………「長吉屋」を営む古参の料理人。板場を譲り近くの隠居所から店に顔を出す。

孫助……………江戸での宿はのどか屋を定宿としている越中富山の薬売りのかしら。

幸太郎…………富山の薬売りの孫助の古参の弟子。

吉蔵……………孫助、幸太郎に付いて江戸に出てくるようになった越中富山の薬売り。

信平……………前回の吉蔵に続き孫助に連れられ初めて江戸に商いに来た薬売りの若者。

大橋季川………季川は俳号。のどか屋のいちばんの常連、おちよの俳諧の師匠でもある。

青葉清斎………時吉に薬膳を教えるなど、古くからのどか屋と交流のある本道（内科）医。

羽津……………青葉清斎の妻。早産だった千吉を取り上げた、江戸でも指折りの産科医。

安東満三郎……隠密仕事をする黒四組のかしら。甘いものに目がない、のどか屋の常連。

万年平之助……黒四組配下の隠密廻り同心、「幽霊同心」とも呼ばれる。千吉と仲が良い。

筒堂出羽守良友…傍流ながら大和梨川藩主の座に就いた殿様。お忍びでのどか屋に顔を出す。

第一章　鰹の梅たたき膳と豆腐飯

一

明るい柿色に染め抜かれた「の」という字を、五月のあたたかな日ざしが照らしている。

ここは横山町――。

旅籠付きの小料理のどか屋では、ちょうど中食が始まるところだった。

こんな貼り紙が出ている。

けふの中食
かつをの梅たたき膳

ごはん　けんちん汁　小ばちつき
四十食かぎり　四十文

「おっ、のどか屋の鰹だぜ」

「月末にゃ川開きだから」

「季が巡るのは早えからな」

「よし、食おうぜ」

「おう」

そろいの半纏姿の植木の職人衆が、にぎやかにのれんをくぐってきた。

「いらっしゃいまし」

大おかみのおちよが出迎えた。

「お座敷が空いております」

古参の手伝いのおけいが手で示した。

万吉とおひな、二人の子の世話があるから、若おかみのおようはいまは奥にいる。

手が空いたら勘定場に座ることもあった。

「おう、たまにはいいとこに座るか」

「おれらにゃもったいねえがな」

「なに、銭を払う客だからよ」

植木の職人衆は次々に座敷に上がった。

「おっ、猫がわしゃわしゃいるぜ」

「だいぶ大きくなったな」

「猫の貼り紙も出てら」

職人の一人が壁を指さした。

こう書かれていた。

子ねこの里親、つのつてゐます
茶白しまねこ二ひき、どれも福ねこです
ねずみをよくとります
白ねこはのこします
　　　　　　　　　のどか屋

「おっ、こいつだけ白いんだ」

職人衆の一人が子猫をひょいとつまみあげた。

「いっちょまえに、しゃあとか言いやがった」

「母猫にも怒られるぜ」

べつの職人が座敷の隅を指さした。

母猫の二代目のどかが子猫たちに乳をやっている。

今年お産をした子猫たちのうち、四匹が無事に育っていた。そのうちの三匹は母猫と同じ茶白の縞猫だが、一匹だけ白猫がまじっている。ただし、尻尾には黒白の縞がわずかに入っていた。

「その子はゆきちゃんの生まれ変わりなので」

おちよが言った。

「もう名前まで決まってるんですよ、こゆきっていう名で」

二代目の千吉が厨から言った。

「そう言や、白猫は死んじまったんだな」

「愁傷なこって」

職人が手を合わせる。

「でも、大往生でしたから」

おちよが言った。

いくたびもお産をし、みなからかわいがられてきた老猫のゆきは春に大往生を遂げた。いまは横手に名を記した卒塔婆(そとば)が立っている。

ふしぎなもので、二代目のどかがこのたび産んだ子猫たちのなかに、ゆきにそっくりの色と柄(がら)の猫がいた。

これはさだめし生まれ変わりだろう。

のどか屋のみなはそう思い、早々とこゆきという名をつけて残すことにした。

もう一人、元人情本作者でいまはつまみかんざしづくりの修業のかたわら早指南本(はやしなん)の執筆にも取り組んでいる吉岡春宵(よしおかしゅんしょう)が里親に名乗りをあげてくれている。里子に出すのは残りの二匹だ。

「一匹いかがです？」

千吉が水を向けた。

「そうだな。おいらのかかあが猫を飼いてえって前に言ってた」

駄目でもともとで声をかけたのだが、耳寄りな話が飛びこんできた。

「ああ、それでしたら喜んでお譲りしますよ」

おちよが乗り気で言った。

「そうかい。なら、かかあに言っとくぜ」

植木の職人衆の一人が白い歯を見せた。

「どうぞよろしゅうに」

おちよが笑顔で頭を下げた。

「それにしても、のどか屋の鰹はうめえな」

「脂（あぶら）がとろっとしててよう」

「梅肉だれがまたうめえ」

「青紫蘇（あおじそ）が入った薬味もよく合ってら」

職人衆の評判は上々だった。

「けんちん汁も忘れちゃいけねえぜ」

「いつも具だくさんでよう」

「椀だけで腹がふくれるのはのどか屋くらいだぜ」

土間の茣蓙（ござ）に陣取った左官衆も口々に言った。

「今日も口福（こうふく）の味であった」

近くに住む武家が満足げに言った。

そんな調子で、のどか屋の中食の膳は滞りなく売り切れた。

二

あるじの時吉は、浅草の長吉屋に行っていた。

おちよの父で時吉の料理の師である長吉があるじだが、半ばはもう楽隠居で、見世にはたまに顔を出すくらいで弟子の育成は時吉に任せている。足元の悪い日などは横山町から浅草の福井町まで通うのは難儀だが、若い頃に鍛えの入っている時吉があごを出すことはない。

長吉屋の弟子たちが育ってきてくれたから、前より休みは増えた。その日はのどか屋の厨に立つ。千吉と親子がかりになるため、中食に手の込んだ料理を出すこともできる。

中食から二幕目までのあいだは、短い中休みになる。朝が早いおちよは少し仮眠をとるのが常だったが、二代目のどかがお産をしてからはそれどころではなくなった。

のどか屋に残すこゆきを含めた四匹の子猫たちは遊びたい盛りだ。ほかに、ゆきが産んだ銀と白と黒の模様が美しい長い毛の小太郎、二代目のどかの子で母猫と同じ色と柄のふくとろくの兄弟、その弟で前足の先だけ白く足袋を履いたようになっている白黒の鉢割れ猫のたび、のどか屋にはたくさんの猫がいる。

その猫たちが遊んだり喧嘩をしたりで、とても仮眠どころではなかった。

「はいはい、仲良くね」

若おかみのおようが猫たちに声をかけた。

「なかよし、なかよし」

三代目の万吉も猫たちをなだめるように言う。

「にゃーにゃ、にゃーにゃ」

その妹のおひなも機嫌のいい声を発した。

当時は数えだから二つだが、満なら一歳と三か月、まだむずかしいことはしゃべらないけれども言葉はとみに増えてきた。

手伝いのおけいとおちえは両国橋の西詰へ旅籠の客の呼び込みに出ていた。古参のおけいはのどか屋に、おちえは元締めが同じ巴屋に客を案内する。

ほどなく、その元締めの信兵衛が顔を見せた。

近くの大松屋に巴屋、浅草の善屋といった旅籠ばかりでなく、千吉とおようの家族が暮らす長屋などもいくつか持っている顔役だ。

「大松屋の里子は一匹決まったそうだね」

人情家主が温顔で言った。

今年お産をした猫はのどか屋の二代目のどかだけではない。二代目のどかの子で、のどか屋から大松屋へ里子に出したまつも初めてのお産をした。大松屋の二代目の升造(ますぞう)は千吉の竹馬(ちくば)の友だ。

「まあ、さようですか。うちもお客さんのつれあいがご所望(しょもう)らしくて」

おちよが伝えた。

「もらっていただければ、残りはもう一匹だけになります」

おようが笑みを浮かべた。

「みな元気だね」

元締めが笑みを浮かべた。

猫たちに向かって、万吉が猫じゃらしを振ってやっていた。

「こうやるんだよ」

妹のおひなに兄が手本を見せる。

「えいっ」

掛け声を発して振ると、猫たちは我先にと飛びついた。

「にゃーにゃ、にゃーにゃ」

おひなも楽しそうに見守る。

そろそろほかの言葉も発しそうだが、いまのところは「にゃーにゃ」ばかりだ。

「おっ、やってるな」

明るい声が響いた。

岩本町(いわもとちょう)の湯屋のあるじの寅次(とらじ)だ。

「今日もわしゃわしゃいるぞ」

野菜の棒手振り(ぼてふ)の富八(とみはち)が笑みを浮かべた。

いつも一緒に動いているから、御神酒徳利(おみきどっくり)と呼ばれている。

「新たに一匹決まりそうだっていう話だよ」

元締めが伝えた。

「升ちゃんのとこは早々と一匹もらい手が決まったそうで」

厨から千吉が言った。

「そっちのほうも競い合いだな」

寅次が笑顔で言った。

「嫁も子も競ったからよ」

富八が和した。

「そういう競い合いは何よりで」

おちよが笑みを浮かべた。

ここで、表で人の話し声がした。

呼び込みに出ていたおけいの声だ。

「泊まりのお客さんがもう見つかったのかしら」

おちよが小首をかしげた。

「あっ、ご常連さんかも」

しゃべり方を聞いたおようが言った。

若おかみの勘は正しかった。

のどか屋に姿を現わしたのは、越中富山（えっちゅうとやま）の薬売りたちだった。

三

「また世話になるっちゃ」

薬売りのかしらの孫助（まごすけ）が言った。

「こちらこそ、よろしゅうに。このたびは四名様で」

　おちよが笑顔で出迎えた。

「初陣の者もいるんで」

　孫助がいくぶん硬い顔つきの若者を手で示した。

「あいさつするっちゃ」

　古参の弟子の幸太郎がうながした。

「みな、いい人たちだから」

　前回、初めて来た猫好きの吉蔵が笑みを浮かべる。

「へ、へい……」

　まだおぼこい顔だちの若者が小さくうなずいた。

「あ、あの、信平って言うっちゃ。どうぞよろしゅうに」

　若者が不器用に頭を下げた。

「まあ、遠路はるばるご苦労さま。おいくつで？」

　おちよがたずねた。

「十三」

　信平は答えた。

「まあ、お若い」

おようが言った。

「初めての江戸なんですね。お疲れだったでしょう」

おちよが労をねぎらった。

「疲れたっちゃ」

信平は包み隠さず言った。

「なら、江戸の湯屋はどうだい。さっぱりするよ」

寅次が水を向けた。

「これから湯屋に？」

信平の瞳が輝いた。

「行くけ？」

かしらが問うた。

「へい」

初顔の若者がうなずく。

「なら、つとめは明日からにしますかい」

幸太郎が言った。

「初めだけだっちゃ。次からは、江戸に着いた日からつとめで」

孫助が言った。

「へい、もちろんで」

信平が勇んで答えた。

「いまの顔つき、おとうにそっくりだな」

かしらが妙に感慨深げに言った。

「お父さまもこのお仕事を？」

聞きつけたおちよがたずねた。

「へい、そうだっちゃ」

信平が答えた。

「親子二代は、ここと一緒だな」

湯屋のあるじが言った。

「厨にいるのが二代目で」

野菜の棒手振りが手で示す。

「どうぞよろしゅうに」

千吉が厨から言った。

信平がうなずく。

「こいつのおとうはおいらの竹馬の友だったんだが、亡くしちまったっちゃ」

初陣の薬売りを手で示して、孫助があいまいな顔つきで言った。

いつも明るい薬売りのかしらのそんな表情を見るのは、ついぞないことだった。

「さようですか。どういう成り行きで？」

おちよがたずねた。

「そりゃあ、長い話になるっちゃ。このたびは長逗留（ながとうりゅう）になるので、まあそのうちに」

孫助が答えた。

「承知しました」

のどか屋のおかみが答えた。

「とりあえず、今日はうちの湯屋へ」

寅次が腰を上げた。

「岩本町では一、二を争う湯屋なんで」

富八が軽口を飛ばす。

「一軒しかねえじゃねえかよ」

湯屋のあるじがそう言ったから、のどか屋に笑いがわいた。

そんな調子で、越中富山の薬売りたちはつれだって湯屋に向かった。

四

その日は隠居の大橋季川（おおはしきせん）が療治に来る日だった。

のどか屋が神田三河町（かんだみかわちょう）にあったころから通ってくれている常連中の常連だ。

若いころから俳諧師として鳴らし、諸国を廻ってきた。その貯えがまだあるから楽隠居の身だ。

齢（よわい）を重ねてもまだまだ達者で血色もいいが、足腰が弱るのは致し方のないところだ。

そこで、良庵（りょうあん）という腕のいい按摩（あんま）に療治を頼んでいた。近くの大松屋まで駕籠で向かい、自慢の内湯にゆっくり浸かる。それから、のどか屋の座敷で療治を受けるのがいつもの流れだ。

「今日は越中富山の薬売りさんたちが四人（よったり）もお見えになったんですよ」

おちよがおのれの俳諧の師でもある季川に伝えた。

「それはにぎやかだね」

腹ばいになって療治を受けながら、季川が答えた。

「寅次さんが湯屋へ案内して、いまごろは『小菊（こぎく）』にいると思います」

おちよが言った。

寅次の娘のおとせと、時吉の弟子の吉太郎が営む見世で、細工寿司にかけては江戸でも指折りの技を誇っている。おにぎりと味噌汁もうまい名店だ。

「だったら、明日の朝餉では一緒になるね」

隠居が笑みを浮かべた。

「これ、療治中だから」

良庵のつれあいのおかねが子猫の首をつかんでひょいと取り上げた。

「もぞもぞすると思ったら、子猫だったんだね」

隠居が笑う。

「里親が決まっていないのは、早くも残り一匹に」

と、おちよ。

「そうかい。わたしは猫より先に逝ってしまうから、とても飼えないがね」

と、季川。

「そんなことを言いながら、もう二十年くらい経っているような気が」

おちよのほおにえくぼが浮かんだ。

「二十年は言いすぎだよ。十年くらいにしておいておくれ」

隠居がそう言ったから、のどか屋に和気が漂った。

五

翌朝――。

のどか屋は常にも増して活気があった。

越中富山の薬売りが四人、これから近所の普請場へ行く大工衆にほかの泊まり客、それに、隠居の季川。座敷も一枚板の席もたちどころに埋まった。

「まずは上の豆腐だけ匙(さじ)ですくって食うっちゃ」

かしらの孫助が信平に言った。

「へえ」

初めて江戸へ出てきた若者が匙を動かす。

「……うまいっちゃ」

信平は笑顔になった。

「ここの豆腐飯は江戸一だからね」

隠居の白い眉がやんわりと下がる。

「これを食うためにのどか屋に泊まる客が多いからよ」

「大(てえ)したもんだ」

常連の大工衆が言った。

「それから、飯とわっとまぜて食ってみな」

孫助が言った。

「手本を見せてやるっちゃ」

幸太郎が手を動かした。

もう一人の吉蔵は、さすがは猫好きと言うべきか、朝膳もそっちのけで子猫たちをあやしている。

のどか屋名物の豆腐飯には三度の楽しみ方がある。

まずはじっくり煮て味のしみた豆腐だけ匙ですくって食す。だしに醤油と味醂(みりん)、それに、毎日つぎたしながら使っているのどか屋の命のたれを加えて煮れば、甘辛い江戸ならではの味つけになる。これだけでも存分にうまい。

続いて、飯とわっとまぜて食す。豆腐に味がしみているから、飯に合わないはずがない。これも口福の味だ。

「うまいっちゃ」

信平が感慨深げに言った。

「次は薬味を入れるっちゃ」

かしらが手で示した。

「これはどれからで？」

信平が問う。

「どれからでも結構ですよ。いっぺんに入れても、少しずつでも」

あるじの時吉が笑みを浮かべた。

朝餉が終わり、中食の仕込みを見届けてから浅草の長吉屋に向かう。そこで若い料理人たちに指導を行い、花板として客の前に立つのだから、毎日が忙しい。

「もみ海苔に刻み葱におろし山葵に炒り胡麻、どれをまぜてもうまいっちゃ」

幸太郎がそう言って、また率先して手を動かした。

「ああ、汁もおいしいね」

「浅蜊がぷりぷりしているよ」

ほかの泊まり客が満足げに言う。

「刺身もときとで」

やっと膳を食べだした吉蔵が笑顔で言った。

きときと、とは越中弁で新鮮なという意味だ。

「ああ、きときとだっちゃ」

かしらの孫助も言う。

「味が変わってうまいっちゃ」

信平が匙を動かした。

「うめえけ?」

吉蔵が訊く。

「へえ、うまいっちゃ……」

初めて江戸へ来た若者の手がそこで止まった。

しきりに目をしばたたかせる。

「どうかしましたか?」

おちよが気づいてたずねた。

「おとうに、こんなうめえもんを食わせてやりたかったと」

信平はそう言うと、目もとに指をやった。

それを聞いて、孫助の表情が変わった。

「辰(たつ)とは上方(かみがた)には行ったが、江戸には来られなかったっちゃ。この豆腐飯を食ったら、さぞ喜んだだろうよ」

薬売りのかしらはしみじみと言った。

「おとうの分まで食ってやるっちゃ」

幸太郎が言った。

「へえ」

信平はまた手を動かした。

「心にしみる味だね」

隠居がやさしい声音で言った。

信平は無言でうなずいた。

その目尻からほおへ、ひとすじの涙がしたたり落ちた。

第二章　焼き飯と冷やし蓴菜（じゅんさい）蕎麦

一

翌日は親子がかりの日だった。

二人分の手が動くから、中食で手間のかかった料理を出せる。

「食べたいのはやまやまだけど、朝から気張って得意先廻りだっちゃ」

薬売りのかしらの孫助が言った。

朝餉が終わって間もない頃合いだ。

「気張ってくださいまし」

若おかみのおようが笑顔で見送る。

「江戸へ遊びに来たわけじゃねえもんで」

薬箱を背負った幸太郎が言った。

「よし、気張るっちゃ」

吉蔵が新参の信平に言った。

「へえ」

若者が気の入った声を発した。

中食の膳は、穴子の一本揚げと焼き飯だった。

皿からはみ出すまっすぐに揚がった穴子の天麩羅に、具だくさんの焼き飯。これに、茄子と豆腐の味噌汁やお浸しの小鉢や香の物がつく。

「天麩羅、揚がりました」

千吉がいい声を響かせた。

「はいよ」

時吉が短く答えて鍋を振る。

溶き玉子を加えた焼き飯が鍋の中で小気味よく躍る。

味つけは塩胡椒、それに醬油だ。醬油を回し入れると、たちまち香ばしい匂いが漂う。

それが何よりの引札になる。

「おっ、今日は焼き飯だな」

「いい匂いだぜ」

「穴子の一本揚げって、貼り紙に出てるぜ」

「おう、そりゃ食わなきゃな」

なじみの左官衆がつれだってのれんをくぐってきてくれた。

「いらっしゃいまし」

「空いているお席へどうぞ」

女たちの声が響く。

「焼き飯、あがったぞ」

時吉が二代目に言った。

「天麩羅もできます」

千吉がそう言って、額の汗をぬぐった。

親子が力を合わせた中食の膳は、またたくうちに売り切れた。

二

二幕目には久々の客がのれんをくぐってきてくれた。
青葉清斎だ。

腕のいい本道（内科）の医者で、薬膳に関しても並々ならぬ知識を有している。妻の羽津は江戸でも指折りの女産科医で、かつては千吉も取り上げてもらった。早産で蒼ざめたおちよにとっては命の恩人だ。

時吉の薬膳の指南役でもある清斎は、のどか屋が三河町にあったころからの古い付き合いだ。当時の診療所は皆川町にあったのだが、焼け出されて近くの竜閑町に移った。これまた古い付き合いの醬油酢問屋、安房屋の敷地内だ。そこには診療所ばかりでなく、長患いの者が養生につとめる療治長屋もある。

「おや、子猫がたくさんいますね」

清斎が座敷で団子になっている猫たちを見て言った。

今日は往診と薬の仕入れの帰りのようだ。

「もう二か月になるので、そろそろ里子にと。また一匹いかがでしょう、清斎先生」

おちよが水を向けた。

清斎の療治長屋では、療治の友としてのどか屋から里子に出した猫が飼われている。かつては療治の友の力で首尾よく本復し、そのまま飼われることになったほまれの猫もいた。

「さようですか。羽津から、そろそろもう一匹もらってもと言われていたところで」

清斎はそう言って、茶をゆっくりと啜った。

「それなら、ちょうどよろしいですね」

おちよが乗り気で言う。

「白い子は死んだゆきちゃんの生まれ変わりなので、うちに残します」

千吉が厨から言った。

「なるほど、それはいただくわけにはまいりませんね」

総髪の医者が笑みを浮かべた。

ここでおようが二人の子をつれて出てきた。

せっかくだから、手短に診察してもらった。万吉もおひなもいたって順調な育ちぶりで、どこにも案ずるところはないということだった。

「えいっ」

万吉が猫じゃらしを振りだした。

四匹の子猫ばかりか、母猫の二代目のどかまで前足を伸ばす。

「おひなちゃんにもやらせてあげて」

おようが言った。

「うんっ」

元気のいい返事をすると、兄は妹に猫じゃらしを渡した。

「もうちょっと上げてごらん」

おちよが言った。

おひながそのとおりにすると、子猫たちが我先にと飛びついた。

「そうそう。ほかにも鼠捕りのためにいずれ猫を飼いたいという方がいらっしゃるので、雌でもいいかもしれませんね。増えてもなんとかなりそうなので」

青葉清斎が言った。

「里親がおおかた決まっているのはどちらも雄なので、ちょうどよろしゅうございます」

おちよのほおにえくぼが浮かんだ。

「では、羽津もこちらに来たいと言っているので、そのうちもらいに来させましょう」

　本道の医者が言った。

　これで話が決まった。

　ほどなく、千吉が盆を運んできた。

　それなりに腹にたまって、暑気払いにもなるものをという清斎の所望に応えてつくった料理だ。

「お待たせいたしました。冷やし蓴菜蕎麦でございます」

　千吉が椀を置いた。

「蓴菜ですか。これはおいしそうですね」

　清斎が身を乗り出す。

　大きめの椀に蕎麦を盛り、蓴菜と大根おろしと大葉を盛り付け、井戸水につけて冷やしておいた蕎麦つゆを張れば出来上がりだ。

「つるつるしていておいしいですね」

　清斎が笑みを浮かべた。

「蓴菜は身の養いにもなると書物に記されていました」

　勉強熱心な二代目が言った。

「そのとおりです。体の熱を冷まし、むくみを取る食材として古くから用いられてきました。夏にはぴったりですね」

薬膳にくわしい医者はそう言うと、また箸を小気味よく動かした。

三

清斎が帰ったあと、なじみの大工衆が打ち上げにやってきた。しばらく精を出していた普請場のつとめに、おおかたきりがついた打ち上げだ。穴子がまだ残っていたので、おめでたい一本揚げを出した。

祝いごとには欠かせない鯛料理にも千吉は腕をふるった。刺身にあら煮に天麩羅、次々に仕上げて出す。

「おう、一つ終わったら、また次だ。祝いはここで終い(しまい)で、明日からまた気張るからな」

棟梁が手綱(たづな)を締めるように言った。

「へい」

「分かってまさ」

いい声が返ってきた。

祝いごとが終わり、大工衆が引き上げてほどなく、黒四組の面々が入ってきた。

将軍の荷物や履物などを運ぶ黒鍬の者は、表向きには三組まである。さりながら、ひそかに第四の組も設けられていた。それが約めて黒四組だ。

黒四組のつとめは影御用だ。昨今の悪党どもは悪知恵を働かせ、日の本を股にかけて悪さをしたりする。そういった者どもに対抗すべく、縄張りにとらわれず少数精鋭で悪者退治に当たっているのが黒四組だ。

「今日はみなさんおそろいで」

おちよが笑顔で言った。

かしらの安東満三郎と江戸だけを縄張りとする万年平之助同心は折にふれてのどか屋に顔を見せてくれるが、今日はあと二人いた。

「しばらく京へ行っていました」

井達天之助の日焼けした顔に笑みが浮かんだ。

その名にちなんで、韋駄天侍と呼ばれている。飛脚並みの健脚で、小回りが利き、遠方へもおのれの足だけで赴けるから重宝な男だ。

「もちろん、物見遊山じゃねえけどよ。……おう、いつものをくんな、二代目」

安東満三郎が厨に声をかけた。

「もうつくりだしてますので」

千吉が笑顔で言った。

「やることが早えな」

万年平之助が言った。

「そっちには蒲焼きを出すから、平ちゃん」

仲のいい同心に向かって、千吉は気安く言った。

「何の蒲焼きだい？　竹輪の蒲焼きだってあるぜ」

万年同心が訊く。

「竹輪でも秋刀魚でも穴子でもなくて、鰻」

千吉はちょっとおどけて答えた。

「ならば、わしは飯も」

室口源左衛門が右手を挙げた。

日の本の用心棒の異名を取っている。黒四組だけでは捕り物はできないため、町方や火付盗賊改方や代官所などの助けを得ているが、いざというときには力を発揮する頼りになる男だ。

「承知しました」

二人の子を遊ばせていたおようが言った。

「このたびは、もう捕り物も？」

おちよが訊いた。

「いや、これからだ。京にいる悪党の親玉が江戸へ手下を送って悪さを企んでること
までは突き止めたんだが」

安東満三郎が答えた。

「両方捕まえないといけないんですね。ご苦労さまです」

おちよが頭を下げた。

「悪党どもと根競べだな」

黒四組のかしらが渋く笑ったとき、千吉が皿を運んできた。

「いつものあんみつ煮でございます」

と、皿を下から出す。

料理の皿は下から出さねばならない。どうだ、食えとばかりに上から出すのは料
簡違いだ。どうぞお召し上がりくださいましと、必ず下から出さねばならない。それ
が祖父の長吉、父の時吉から受け継がれてきた大事な教えだった。

「おう、いつものがいちばんだ」

その名にちなむ「あんみつ隠密」の異名をとる男がさっそく箸を取った。

あんみつ煮は油揚げの甘煮だ。

油揚げを食べやすい大きさに切り、水と醬油と砂糖だけで煮る。水気がなくなればもう出来上がりという実に簡単な肴(さかな)だ。油揚げの油抜きと味つけが同時にできるからちょうどいい。

「うん、甘(あめ)え」

あんみつ隠密の口からいつもの台詞(せりふ)が飛び出した。

この御仁(ごじん)、とにかく甘いものに目がない。甘いものさえあればいくらでも酒が呑めるというのだから恐れ入る。甘ければ甘いほどいいらしく、どんな料理にでも味醂をどばどばかけたりするのだから、よほど変わった舌の持ち主だ。

ほかの面々には鰻の蒲焼きが出された。室口源左衛門は鰻重(うなじゅう)仕立てだ。

「ちょうどいい焼き加減だな」

食すなり、万年同心が言った。

上役と違って、こちらは侮(あなど)れぬ舌の持ち主だ。

「ありがとう、平ちゃん」

千吉が笑みを浮かべた。

「飯と一緒に食うと、ことのほかうまい」

日の本の用心棒の髭面がほころぶ。

「江戸へ帰ってきたなという味です」

韋駄天侍が白い歯を見せた。

ここで表から話し声が響いてきた。

「あっ、お帰りで」

おちよが気づいた。

ほどなく、越中富山の薬売り衆が戻ってきた。

四

一枚板の席には黒四組が陣取っていたから、四人の薬売り衆は座敷に上がり、背に負うていた薬箱を下ろした。

「ご苦労さまでございます」

おちよが労をねぎらう。

「今日は仕事がはかどったっちゃ」

かしらの孫助が笑顔で言った。

「新たなお得意先もできて、首尾は上々だっちゃ」

弟子の幸太郎も言う。

「それは何よりで」

おちよが笑みを浮かべた。

「このいでたちは、まぎれもない本物だな」

黒四組のかしらが立ち上がった。

「声をかけておきますかい」

万年平之助も続く。

「おう」

あんみつ隠密が右手を挙げた。

「すまねえが、ちょいと聞いてもらいてえことがある」

安東満三郎が薬売り衆に声をかけた。

「へえ、何でございましょう」

孫助が居住まいをただした。

「くわしいことは明かせねえが、おれらは日の本じゅうの悪党を追う役目だ。のどか屋を根城にしているのは、おめえさんらと一緒だな」

黒四組のかしらは渋く笑った。

「前にお見かけしたことがあるっちゃ。お役目、ご苦労さまで」

孫助が頭を下げた。

ほかの三人も緊張の面持ちで続く。

「で、京から悪党の手先が江戸にいくたりか来ていてよう。どうやらなかには薬売りに身をやつしてるやつもいるらしい。おめえさんら、江戸の町を歩いてて、おかしな薬売りを見かけたら、ここの二代目でもおかみでもあるじでもいいから伝えてくんな。のどか屋はおれらの十手を預かってもらってるからな」

安東満三郎は神棚を指さした。

いくらか小ぶりだが、房飾りのついた十手が飾られている。房飾りの色は、初代のどかから続く茶白の縞猫にちなんだ薄茶色だ。おちよと千吉は勘ばたらき、元武家の時吉はいざというときの立ち回りでこれまでいくたびも手柄を挙げてきた。そのほうびも兼ねて託された十手だ。

「そりゃ、おっとろしいことだっちゃ」

孫助が少し首をすくめた。

越中弁で「恐ろしい」という意味だ。

「おいらたちの真似をするとは、許せねえっちゃ」

幸太郎もむっとして言う。

「京の言葉を使いますけ？」

吉蔵がたずねた。

「なりは越中の薬売りでも、中身は上方から来た悪党だからな」

あんみつ隠密が答えた。

「もしそういう怪しい薬売りを見かけたら、ここへ伝えてくんな。おれはちょくちょく顔を出すからよ」

万年同心が言った。

「へえ、そりゃ気張って探すっちゃ」

孫助の言葉に力がこもった。

「いや、まずつとめに励んでくんな。もし見かけたらでいいからよ」

黒四組のかしらが言った。

「つとめがいちばん大事ゆえ」

一枚板の席から室口源左衛門が言った。

「そんなわけで、頼むぜ」

あんみつ隠密が話を切り上げた。

「へえ」

「分かったっちゃ」

「出くわしたら伝えるっちゃ」

薬売り衆が口々に言った。

五

黒四組は腹ごしらえに来ただけで、ほどなく腰を上げた。腰を据えて呑むのは悪党を退治した打ち上げまで取っておくらしい。

座敷の薬売り衆は、つとめが調子よく進んで戻ってきたところだから、腰を据えて呑む構えになった。

肴は黒四組にもふるまった鰻の蒲焼きに、暑気払いにもなる冷やし小芋(こいも)を出した。

布巾でこすって皮をむいた小芋をだしで煮る。追いがつおをし、まず味醂を加え、味がしみてきたところで薄口醤油を入れてじっくりと煮る。三つの段に分けて味を含ませていくところが骨法だ。

煮詰まってきたら粗熱を取り、ざるに入れて井戸に下ろして冷やしておく。

涼しげな器に盛ったら、青柚子の皮をおろし金で少しすり、茶筅を使って色鮮やかに振りかければ出来上がりだ。

「うまいっちゃ」

孫助が冷やし小芋を食すなりうなった。

「やらかくて、味がしみてて、見た目もよくて」

幸太郎が唄うように言った。

冷やし小芋は薄青い碗に盛られていた。ぎやまんの器に盛ればなお涼やかなのだが、なにぶん値が張る。もし割ったら痛手だから、猫が足元をちょろちょろするのどか屋ではなかなか使えなかった。

「富山じゃ食えねえ味だっちゃ」

吉蔵が笑みを浮かべた。

「ほんに……うめえ」

信平はそう言うと、いくたびも目をしばたたかせた。

「どうした？」

気づいたかしらが問う。

「おとうは芋が好きだったっちゃ。おとうがここにいて、これを食ったら、どんなに喜んだかと思ったら、泣けてきたっちゃ」

信平の目尻からほおにかけて、ひとすじの水ならざるものがしたたり落ちた。

「……いけねえ」

孫助の表情が変わった。

「辰のことを思い出すと、いまでも泣けてくるっちゃ。あのとき、何で助けられなかったのかと思ってよう」

薬売りのかしらはそう言うと、袖で目を覆った。

幸太郎と吉蔵、二人の弟子もいきさつを知っているようで、何とも言えない顔つきをしている。

「どういうことがあったんでしょう」

おちよが控えめにたずねた。

千吉も手を止め、厨から見守る。

「つれえ話で」

孫助は言いよどんだ。

ここで表で足音が響いた。

ほどなく、のどか屋のあるじが姿を現わした。

時吉が帰ってきたのだ。

六

おちよは手短に、これまでの話の流れを時吉に伝えた。

時吉はうなずきながら聞いていた。

「亡くなった親父さんが芋を好まれたそうなので、冷やし小芋に続いて、甘藷（かんしょ）の天麩羅を揚げるところです」

千吉が言った。

「分かった」

時吉は軽く右手を挙げた。

「あるじが話を聞くと言っておりますので」

おちよが伝えた。

「今日はもう貸し切りで」

時吉が笑みを浮かべる。

それと察して、おようがのれんをしまいに行った。

「だんだん暗くなるから、遠くへ行っちゃ駄目よ」

妹をつれて遊んでいた万吉に声をかける。

「うん、分かった」

元気のいい声が返ってきた。

ほどなく、時吉も座敷に上がり、酒をつぎながらじっくりと話を聞く構えになった。

かしらの孫助は「つれえ話」をぽつぽつと語りだした。

「こいつのおとっつぁんの辰平は、おいらの竹馬の友で、いつも一緒だったたっちゃ」

孫助は信平を手で示した。

「おいらのわらべのころから、かしらとは知り合いで」

信平がうなずく。

ほかの薬売り衆は酒だが、わらべに毛が生えたくらいの信平はお茶だ。

「この先も、長く二人で一緒にやるつもりだったのに、あいにくのあらしで……」

孫助はそこで言葉を切った。

胸に迫るものがあったようだ。

「あらしですか」

おちよが訊く。

「あらしで難破しちまったっちゃ」

何とも言えない表情で、孫助は答えた。

「そうすると、北前船(きたまえぶね)でしょうか」

今度は時吉がたずねた。

「そうだっちゃ。伏木(ふしき)の湊(みなと)を出るときは、あんな大あらしになるとは思わなんだ」

孫助は唇をかんだ。

そして、船が難破したいきさつを事細かに語りだした。

七

蝦夷地(えぞち)の産物を運ぶ北前船は、寄港地ごとにあきないをしながら進んでいく。弁才(べざい)船(せん)とも呼ばれる千石船(せんごくぶね)のあきないだから、一回の航海で大きな富を得ることができた。

越中富山の薬売りも北前船にしばしば便乗した。

孫助たちの組は違うが、なかには薩摩組と呼ばれる薬売りもいた。蝦夷地で獲れた昆布や鰊などを積んだ北前船は、ほうぼうであきないをしながらはるばる薩摩、果ては琉球まで進んだ。昆布が獲れない沖縄に、いまでも昆布を使った郷土料理が多いのはこのためだ。

さらに、琉球からひそかに大陸へ渡る薬売りもいた。清王朝に薬として昆布を献上し、その見返りに麝香などを得る。越中富山にそれを持ち帰った薩摩組は、漢方薬をつくって売りさばき、大きな富を得た。

孫助の組は瀬戸内から大坂に入り、あとは京から江戸へと陸路をたどるのが常だった。

瀬戸内に入れば海は穏やかだが、それまでに難所がある。とりわけ、能登半島の突端の禄剛崎は剣呑なところで、これまでにいくたびも船の難破があった。

海難事故を防ぐために、狼煙が上げられ、船の進路を照らした。

それでも事故は起きた。このあたりでは、急に海が荒れるのだ。

潮の流れに押し流されることもある。制御ができなくなった船は座礁し、ときには沈んでしまう。

孫助と信平の父が乗った船もまたそうだった。

海はあっという間に大時化(おおしけ)になった。

湊に戻ることはできなかった。流れは岸からしだいに離れていっていた。

そのうち、恐ろしい横波が襲ってきた。

さしもの弁才船もひとたまりもなかった。

悲鳴と怒号が飛び交うなか、船はゆっくりと横倒しになっていった。

「辰！　辰！」

孫助は懸命に友の名を呼んだ。

だが……。

転覆するまでは一緒にいた友の返事はなかった。

海に投げ出された者たちは、荒波にもまれるばかりだった。

八

「よくご無事で」

おちよが孫助に言った。

「こいつのおかげで」

孫助は薬箱を少し手元に寄せた。

「お薬が役に立ったのでしょうか」

おようがややいぶかしげに訊いた。

万吉とおひなはもう戻ってきて、猫たちに猫じゃらしを振っている。あとは千吉とともに長屋へ帰るばかりだ。

「いや、薬じゃなくて薬箱だっちゃ」

薬売りのかしらが答えた。

「隠し引き出しが役に立つっちゃ」

幸太郎が教えた。

「隠し引き出しですか？」

おようが小首をかしげた。

「何を入れておくのでしょう」

時吉もやや不審そうな面持ちで酒をついだ。

「海が荒れたときは、何も入れてねえとこが役に立つっちゃ」

幸太郎は謎をかけるように言った。

ここで甘藷の天麩羅ができた。

「お待たせいたしました」

千吉が大皿と天つゆを運んできた。

「いい色だっちゃ」

「ほんに、狐色で」

「小判みてえでうまそうだっちゃ」

薬売りたちが言う。

友を亡くした孫助と、父を亡くした信平の表情も束の間晴れた。

まずは舌鼓（したつづみ）を打つ。

「うまいっちゃ」

「ちょうどいい揚げ加減で」

「さくさくしてて甘いっちゃ」

評判は上々だった。

「で、隠し引き出しのわけですが」

機を見て時吉が薬箱を手で示した。

「出してみるっちゃ」

孫助が幸太郎に言った。

「へい」

　幸太郎は薬箱を慎重に動かしだした。

　天地を逆にし、蓋を外し、中の箱を動かす。まるで手妻（てづま）遣いのような動きだった。

「わあ」

　おようが声をあげた。

　隠し引き出しがにわかに姿を現わしたのだ。

「よくできてますね」

　おちよが感心の面持ちで言う。

「何も入ってないんですね」

　と、およう。

「大事なものを入れておくこともあるけど、さっきこいつが言ったように、この何も入れてねえとこが役に立つっちゃ」

　孫助は幸太郎を手で示した。

「なら、そろそろ種明かしを、かしら」

　幸太郎が言った。

「おう」

薬売りのかしらは猪口(ちょく)の酒を呑み干してから続けた。

「ずっと背負って歩くから、薬箱は軽めの木でできてまさ。その中に隠し引き出しがあると、そこに気が満ちているので、海に投げ出されたときに浮き輪代わりになるわけだっちゃ」

孫助はそう言って、薬箱をぽんとたたいた。

「ああ、なるほど」

おちよが思わず手を拍(う)った。

「これは知恵ですねえ」

おようが感心の面持ちでうなずいた。

「では、船が難破して海に投げ出されたあと、必死にその薬箱にしがみついていたわけですか」

時吉の顔に驚きの色が浮かんだ。

「もう、必死だったたっちゃ」

孫助は薬箱を抱くしぐさをした。

「よくまあご無事で」

と、おちよ。

「ふと気がついたときは、能登の磯に打ち上げられてて……そこから先も死ぬ思いをして村まで歩いて、助けてもらったっちゃ」

孫助は回想して言った。

「九死に一生を得たわけですね」

時吉が感慨深げに言った。

「薬箱のおかげだっちゃ。ただ、辰のやつは……」

孫助の言葉がそこで途切れた。

「おとうも薬箱を持ってたから、いまごろは外つ国に流れついてるかもしれねえ」

信平はそう言って、甘藷天をさくっとかんだ。

「そう思いてえ」

孫助も続く。

時吉も甘藷天を口中に投じた。

揚げ加減はちょうどいい。

千吉が様子を見ていたから、軽く右手を挙げた。二代目はほっとしたような笑みを浮かべた。

「おとうの分まで気張るっちゃ」

幸太郎が励ました。

「みなで紡(つむ)いできた絆(きずな)だからよう」

子猫をあやしながら、吉蔵も言う。

「へえ」

信平は引き締まった顔つきで答えると、残りの甘藷天を胃の腑に落とした。

第三章　一本揚げと兜煮(かぶとに)

一

子猫たちは一匹ずつ里親のもとへ巣立っていった。

まずは常連の植木の職人だ。

女房が猫を飼いたいと望んだため、それならと亭主が手を挙げたのだ。

いささか荒っぽいが、植木職人は子猫を網に入れた。

たちまち猫がふぎゃふぎゃないて抗(あらが)う。

「おう、大丈夫だからよ」

職人が網をゆすった。

「かわいがってもらうのよ」

おちよが声をかけた。

「達者でね」

およう<ruby>も</ruby>和す。


「また様子を聞かせてくださいまし」

千吉が笑みを浮かべた。

「飯はたびたび食いに来るからよ」

植木職人は笑って答えた。

二匹目は産科医の羽津だった。

早産だったおちよを救けて、千吉を取り上げてくれた命の恩人だ。

羽津は清斎の弟子の文斎とともにのどか屋を訪れた。

「帰りはこれに入れて駕籠で帰ろうかと」

羽津は文斎が手に下げているものを手で示した。

大ぶりの竹細工の籠だ。

「新たにこしらえてもらったんです。向後も使うことがあるかと」

文斎が白い歯を見せた。

羽津の弟子の綾女と夫婦になり、子も二人いる。清斎の跡継ぎと目されている「若先生」だ。

「へえ、これは重宝かも」

手に取ってみたおちよが言った。

ちょうど二幕目に入ったところで、座敷では万吉とおひなが子猫たちに猫じゃらしを振っていた。

「どちらも元気なこと。猫もわらべも」

羽津が笑みを浮かべた。

髪はすっかり白くなったが、血色はすこぶるいい。江戸でも指折りの女産科医を頼りにしている者はたんといる。

「どの子か間違えないようにしないと」

羽津が言った。

「うちに残すこゆきちゃんは白いからすぐ分かりますけど」

おようが猫じゃらしに飛びついた白猫を指さした。

「えーと、この子だったかな？」

千吉が出てきて言った。

里子に出すのはあと二匹、雄と雌だが色と柄は母猫の二代目のどかにそっくりだ。

「つかまえてみて」

　おようがうながす。

「承知で」

　千吉は機をうかがった。

　そのあいだに、羽津と文斎におちよが冷たい麦湯を出した。

「素麺(そうめん)もできますが、いかがでしょう」

　おちよが水を向ける。

「そうですねえ。今日は妙に蒸すので、ちょっと早い暑気払いに」

　羽津が答えた。

「あと少しで川開きですからねえ。暑い日もあります」

　文斎が笑みを浮かべる。

「よし、つかまえた」

　千吉が子猫の首根っこをつかまえた。

「なら、大事に……あれっ、こいつは雄だ」

　千吉がそう言ったから、のどか屋に笑いがわいた。

「あっちの子ね」

おようが指さす。

「待て待て」

万吉が追いかけはじめた。

「こら、おまえが出てきたら捕まらないぞ」

千吉があわてて言った。

それやこれやで、しばらくどたばた騒ぎが続き、いくらか引っかかれながらも二代目がやっと雌の子猫を捕獲した。

「では、こちらの籠に」

羽津が蓋を開けた。

「じゃあ、いい子でいるんだよ」

ないて抗っている子猫を、千吉は籠に入れた。

それから急いで厨に向かって素麵を仕上げた。

「はいはい、かわいがってもらうのよ。療治長屋でいいおつとめをしてね」

おようが声をかけた。

「おっかさんみたいにいい子を産んで、たくさん猫縁者をつくって」

おちよも情のこもった声で言った。

ややあって、素麵の支度が調(ととの)った。

「子猫を待たせるのも悪いから、急いでいただきましょう」

羽津が箸を取った。

「ふぎゃふぎゃないてますからね」

文斎も続く。

「駕籠を呼んできましょう」

「ああ、ちょうどいい茹で加減で」

千吉が表へ飛び出した。

羽津が笑みを浮かべた。

「つゆも味わい深いですね。来た甲斐がありました」

文斎も白い歯を見せた。

素麵はきれいに平らげられ、駕籠も来た。いよいよお別れだ。

「では、いただいてまいります」

文斎が手提げ籠をつかんだ。

「またそのうち清斎が顔を出しますので」

羽津が言った。

「どうかよろしゅうに」

おちよが頭を下げる。

「達者でな」

千吉がまだないている子猫の籠に声をかけた。

「元気でね」

おようも和す。

こうして、また一匹、のどか屋から猫が里子に出された。

二

最後の子猫がもらわれていったのは、その二日後のことだった。

その日は親子がかりだった。

中食には穴子づくしの膳を出した。

穴子の一本揚げは千吉が担い、蒲焼きを載せた丼は時吉がつくった。

これに具だくさんのけんちん汁と、胡瓜(きゅうり)と若布(わかめ)の酢の物と浸し豆の小鉢がつく。親子がかりならではのにぎやかな膳だ。

いつものように好評のうちに売り切れ、二幕目に入ってほどなく、吉岡春宵が嚢(ふくろ)を背負って姿を現わした。

おようの弟の儀助(ぎすけ)もいる。

「息が吸えるように嚢に穴を開けてあるので、子猫が逃げださないように見張っていてもらおうと思いまして」

春宵が言った。

おようの母のおせいと、そのつれあいの親方の大三郎(だいざぶろう)は川向こうでつまみかんざしづくりに精を出しているようだ。

「子猫はわずかな隙から逃げだしたりしますものね」

おちよがうなずく。

「ちゃんとうしろから見張ってるんで」

儀助が笑みを浮かべた。

「穴子の一本揚げができるけど、食べるかい？　儀助ちゃん」

千吉がたずねた。

「ああ、いただきます」

儀助がすぐさま答えた。

わらべのころは千吉がつくる甘い餡巻き(あんまき)に目がなかったのだが、背丈が伸びてぐっと大人っぽくなった。

「春宵さんも？」

おちよが問うた。

「ええ、もちろんです」

元人情本の作者は白い歯を見せた。

これから里子に出される子猫は、さだめも知らず、ほかの猫とたわむれている。いささか不憫(ふびん)ではあるが、話を聞くと、つまみかんざしの仕事場の周りには猫が多く、乳母猫にも事欠かないようだ。それなら安心だ。

ややあって、穴子の天麩羅が揚がった。

「お待たせいたしました」

「天つゆでどうぞ」

時吉と千吉が運んできた。

「わあ、おいしそう」

儀助の瞳が輝く。

「さっそくいただきます」

春宵が箸を取った。

「いい子でね」

おようは子猫をなでてやっていた。

のどか屋に残るこゆきも近寄る。

二代目のどかもだいぶ歳で、そろそろお産からは退く頃合いだ。そのあとは、こゆきが跡を継いでくれるだろう。同じ白猫のいまは亡きゆきのように、きっといい子をたくさん産んでくれるだろう。

「ああ、おいしい」

儀助が満足げに言った。

「さくっと揚がってます」

春宵も白い歯を見せた。

聞けば、しばらく手がけていた『両国早指南(はやしなん)』は首尾よく脱稿したらしい。ひと区切りついたところで子猫を引き取りに来たようだ。

穴子の一本揚げの賞味が終わり、いよいよ子猫を里子に出す段になった。

もっと抗われるかと思いきや、子猫は存外におとなしく嚢に入った。

それを春宵が背負う。

「かわいがってもらうのよ」

おちよが言った。

「達者でな」

時吉も和す。

「では、いただいてまいります」

春宵が笑みを浮かべた。

「ちゃんと見張ってね、儀助ちゃん」

千吉が言う。

「うん、分かった」

儀助がいい声で答えた。

ほどなく、最後の子猫が無事にもらわれていった。

三

二幕目はにぎやかだった。

狂歌師（きょうかし）の目出鯛三（めでたいぞう）に、灯屋（あかりや）のあるじの幸右衛門（こうえもん）、絵師の吉市（よしいち）に、二代目為永春水（ためながしゅんすい）

ものどか屋ののれんをくぐって座敷に陣取った。

「今日は打ち上げで」

紅い鯛を散らした着物をまとった狂歌師が笑みを浮かべた。

「先生の『品川早指南』がようやく仕上がりましてね」

幸右衛門が「ようやく」に力点を置いた。

「春宵さんも脱稿されたとうかがいましたが」

おちよが言った。

「ええ。これからは手前どもが忙しくなります」

書肆のあるじが笑顔で言った。

「ちょうどいい塩梅に、鯛の兜煮をお出しできますので」

時吉が厨から出てきて言った。

「それはまたうってつけで」

目出鯛三の顔がほころぶ。

「勘が働いたのか、せがれがつくったんです」

と、時吉。

「いい感じに仕上がりましたので、いまお持ちします。昆布締めもありますので」

　千吉が厨から言った。

「そうそう。もう一つ、二代目為永春水先生の襲名祝いもございます」

　幸右衛門が総髪の男を手で示した。

　かつては為永春笑と名乗っていたのだが、惜しくも亡くなった初代の為永春水の名を正式に襲うことになったようだ。

「それはそれは、おめでたく存じます」

　おちよが頭を下げた。

「大きな名を継ぐことになったので、肩に重石が載ったかのようで」

　二代目為永春水が肩に手をやった。

「兜煮、二つつくればよかったですね」

　千吉が言った。

「いえいえ、わたしはまだ駆け出しですから」

　二代目為永春水があわてて手を振った。

「では、脱稿祝いにやつがれが頂戴いたしましょう」

　目出鯛三がおどけて言った。

「春水先生は人情本をお書きになるのですか？」

酒を運んできたおちよがたずねた。

「いえ、戯作を書くつもりでおります。初代の二番煎じと言われないように、違う趣のものを書かねばと思いまして」

二代目為永春水が答えた。

本名は染崎延房という。対馬藩士の子として江戸に生まれ、紆余曲折を経て為永春水の弟子になった。つい先日まで為永春笑と名乗っていたのだが、同じのどか屋の常連の吉岡春宵とまぎらわしいということもあって、それならいっそのこと二代目為永春水にと話がばたばたと進んだ。

「どういう趣の御作でしょう」

おひなをお手玉で遊ばせていたおようがたずねた。

「『南総里見八犬伝』に材を採った戯作を考えております。まだ書きはじめたばかりですが」

春水が答えた。

「筆が速いので、勢いがつけばたちどころに仕上げてくださるでしょう」

灯屋のあるじが期待をこめて言った。

「お待たせいたしました」

ほどなく、千吉が兜煮を運んできた。

「こちらは昆布締めでございます」

時吉が皿を置く。

「穴子の一本揚げの支度をいたしますので」

千吉が笑みを浮かべた。

「では、ちょっと描かせていただきましょう」

吉市が支度を始めた。

「『続料理春秋』もそろそろ追い込みなので」

書肆のあるじがそこはかとなく圧をかけるように狂歌師を見た。

「まあ、今日は『品川早指南』の打ち上げなので、ははは」

目出鯛三は笑ってごまかした。

打ち上げの主役が鯛の兜煮、その他の面々は昆布締めを賞味しているうちに、穴子の一本揚げができた。

「若あるじが大皿を持っているところを一枚」

幸右衛門が絵師に言った。

「承知で」

吉市がさっそく筆を動かす。

「おとう、笑ってって」

千吉の表情が硬いことを見て取ったおようが近くにいた万吉に言った。

「おとう、笑って」

三代目がおうむ返しに言う。

「こうか？」

千吉が表情をやわらげた。

「そうそう、きれいに揚がってにっこり」

吉市が筆を動かしながら言った。

ほどなく、似面（にづら）描きが終わった。

絵の中の千吉は、さわやかな笑顔だった。

四

打ち上げは進んだ。

兜煮も穴子の一本揚げもきれいに平らげられ、新たに鰹の竜田揚げ（たつたあ）が出た。

「鰹はたたきもいいけれど、これもうまいですな」

目出鯛三が笑みを浮かべた。

「主役ですから、どんどん召し上がってください」

灯屋のあるじがすすめる。

「まあ、じっくり味わいながら」

狂歌師はそう言うと、猪口の酒をくいと呑み干した。

そのとき、表で足音が響いた。

「大変だっちゃ」

孫助がまずのれんをくぐってきた。

越中富山の薬売り衆だ。

「どうかしたんですか」

おちよが出迎えて問う。

「上方なまりの薬売りが二人歩いてたっちゃ」

孫助が伝えた。

「お武家さまが言ってた悪党の手先で」

「ありゃあ、薬売りのふりをしてただけだっちゃ」

幸太郎と吉蔵も息せき切って言う。

うしろには信平も控えていた。心なしか顔が蒼ざめている。

「番町まで走りましょうか」

千吉が時吉に問うた。

番町(ばんちょう)には黒四組のかしらの安東満三郎の屋敷がある。

「そうだな。早めに網を張ったほうがいいだろう」

時吉が答えた。

「どのあたりで見かけたのでしょうか」

おちよがたずねた。

「神田三河町(かんだみかわちょう)のあたりだっちゃ」

孫助が答えた。

「そりゃあ、巡り合わせで」

目出鯛三が座敷から言った。

神田三河町はのどか屋が最初にのれんを出した町だ。

「うちが初めに見世を開いたのが神田三河町だったんです」

おちよが伝えた。

「なるほど。なら、きっと図星だっちゃ」

「『ほんまの稼ぎは夜やさかい』とか言ってたんで」

「京から来た悪党の手先で」

薬売り衆が口々に言った。

「なら、ひとっ走り、伝えてきます」

千吉が態勢を整えた。

「おう、頼む」

時吉がさっと右手を挙げた。

五

走る、走る。

千吉が走る。

途中で息が切れたが、なんとか番町の安東満三郎の屋敷に到着した。

さりながら……。

黒四組のかしらは不在だった。今日は南町奉行所で寄り合いがあるらしい。

ならばとばかりに、千吉は奉行所に向かった。

のどが渇いたから、途中で商家に立ち寄って柄杓(ひしゃく)の水をもらった。生き返るような心地がした。

「ありがたく存じました」

礼を言って柄杓を返すと、千吉はまた先を急いだ。

奉行所に着いた。

かしらの安東満三郎ばかりでなく、万年平之助同心もいた。ちょうど京から来た悪党の手先を捕まえる打ち合わせをしていたらしい。

千吉はさっそく越中富山の薬売り衆からの知らせを伝えた。

「おう、そりゃ耳よりの知らせだ」

あんみつ隠密が耳に手をやった。

「神田三河町に網を張りますか」

万年同心が訊く。

「おう。あのあたりにも旅籠はあるからな。しらみつぶしだ」

黒四組のかしらが引き締まった表情で言った。

「なら、町方と火盗改方にもつなぎましょう」

万年同心が言う。

「韋駄天と室口にもつないで、一網打尽だ」

あんみつ隠密が手のひらにこぶしを打ちつけた。

「気張って走ってきた甲斐がありました」

千吉が額に手をやった。

「さすがは『親子の十手』持ちだ。また大きな手柄だぞ」

黒四組のかしらが笑みを浮かべた。

「あとはおれらがやるから、帰って朗報を待ちな、千坊」

万年同心が言った。

「分かった。頼むよ、平ちゃん」

千吉は白い歯を見せた。

六

それからの動きは迅速（じんそく）だった。

町方と火盗改方の助けを得て、神田三河町に網が張られた。

横山町と違って、旅籠の数はかぎられている。当たりをつけて探ったところ、ある旅籠に怪しい薬売りたちが長逗留していることが分かった。

おかみに聞きこんだところ、客には上方訛りがあるらしい。

「よし、一網打尽だ」

安東満三郎の声に力がこもった。

「わしの出番だな」

室口源左衛門が腕を撫した。

「捕まえたら火盗改方の役宅へ送って責め問いですな」

万年同心も言う。

「おう。手下だけ捕まえても仕方がねえ。京にいる親玉のねぐらを吐かせねえとな」

黒四組のかしらが言った。

かくして、態勢が整った。

旅籠はただちに包囲された。

あるじとおかみにはあらかじめ伝えてあった。薬売りに身をやつしていた悪党の手先が動くのはまだ先らしい。その晩は部屋で酒を呑み、早々に寝てしまった。

捕り方はその寝込みを襲った。

「御用だ」

「御用！」

やにわに襲われた悪党の手先たちはあわてて逃げだした。

「逃さぬぞ」

日の本の用心棒が当て身を食らわした。

悪党の手先がひとたまりもなくのびる。

二階から飛び降りて逃げようとした男がいた。

「追え」

例によって火の粉が降りかからないところから見守っていたあんみつ隠密が命じた。

「はっ」

韋駄天侍が追う。

これまた、ひとたまりもなく捕らえられた。

捕り物はたちまち終わり、薬売りに身をやつしていた者たちは一網打尽になった。

「これにて、一件落着（らくちゃく）！」

安東満三郎が最後にいい声を響かせた。

第四章　川開きの日

一

捕り物の打ち上げは、翌日の二幕目に行われた。

黒四組の面々ばかりではない。大事な知らせをもたらしてくれた越中富山の薬売り衆も加わった。

町で会った万年同心から話を聞いた目出鯛三も顔を見せたから、のどか屋はにぎやかになった。

「江戸のつとめはきりがついたのかい」

安東満三郎がかしらの孫助に問うた。

「へえ。得意先廻りは終わって、あとは仕入れをちょいと済ませれば終いで」

孫助が答えた。

「せっかくだから、川開きの花火を見物してから帰るっちゃ」

弟子の幸太郎が笑みを浮かべた。

「そりゃあ、いい思い出になるのう」

室口源左衛門が髭面をほころばせた。

今日は親子がかりの日だ。祝い物の焼き鯛に、鰹の梅たたきや鮎の背越し。時吉と千吉が腕によりをかけてつくった料理がすでにとりどりに出ている。

「思い出といえば、絵紙が余ったので」

吉蔵が刷り物を取り出した。

「いくらでもあげるっちゃ」

孫助が万吉に言った。

「ほんと？」

わらべの瞳が輝いた。

「わあ、きれいね。おひなちゃんもおもらいなさい」

おようが娘に言った。

おひなはとことこと歩いて薬売り衆に近づいた。

「はい、どうぞ」

信平が華やかな絵紙を渡した。

越中富山の薬売りは、得意先にきめ細やかな土産を渡していた。

ことのほか喜ばれたのが、絵紙と呼ばれる売薬版画だ。

絵紙の図柄は多岐にわたっていた。守り神や福の神、名所の風景画や芝居絵、おとぎ話や暦に至るまで、蒐めだしたらきりがないほどの数がある。

「三代目にも」

吉蔵が万吉に絵紙を渡した。

「わあ、ありがとう」

万吉が相撲取りの絵紙を見た。

描かれているのは筋骨隆々たる力士だ。

「あっ、駄目よ」

おようがあわてて言った。

おひながせっかくもらった絵紙をくしゃっと丸めてしまったのだ。

「見るより、遊ぶほうがいいんだろう」

あんみつ隠密が笑みを浮かべた。

「やつがれの絵紙が丸められてしまいましたな」

目出鯛三がおどけて言った。

おひなの絵紙に描かれていたのは大きな鯛だ。

福神大鯛、と字が入っている。

「もう一枚やるっちゃ」

信平がべつの絵紙を渡した。

かぐや姫が描かれている。

今度は絵柄が気に入ったのか、おひなは笑顔になった。

二

海老（えび）と穴子、それに甘藷の天麩羅が揚がった。打ち上げの場はよりにぎやかになった。

そのなかで、目出鯛三がしきりに筆を動かしていた。

昨夜の捕り物を、さっそくかわら版に仕立てるようだ。

「薬売り衆の手柄ですから、大きく採り上げますよ」

目出鯛三が機嫌よく言った。

「明日の川開きの花火を見物してから帰るっちゃ。それまでにできますけ？」

かしらの孫助がたずねた。

「そりゃあ、かわら版は早さが取り柄なので」

狂歌師がすぐさま答えた。

「いい江戸土産になるな」

あんみつ隠密が言う。

「多めにもらって配りな」

万年同心も和した。

「そりゃあ、ありがたいっちゃ」

「親族に配るっちゃ」

薬売り衆の顔が輝いた。

それから、さらに取材が続いた。

孫助は船の難破で竹馬の友の辰平を亡くした話をまた伝えた。亡き父の跡を継いで江戸へ初陣（ういじん）で出てきた信平が、盗賊の手先に気づくという手柄を挙げた。これは恰好のかわら版種になる。目出鯛三の筆の動きがおのずと速くなった。

孫助が薬箱につかまって漂流し、九死に一生を得た話も注目を集めた。

「商売道具に助けられたわけだな」

あんみつ隠密がそう言って、甘藷の天麩羅をどばっと味醂につけた。

「わしだったら、身の重みがあるから駄目だっただろうな」

偉丈夫（いじょうふ）の室口源左衛門が言う。

「わたしも陸とは勝手が違うので」

井達天之助が海老天を口に運ぶ。

「おぬしは身が軽かろう」

万年同心が言う。

「いやいや、地に足がついたればこそで。海ではとてもとても」

韋駄天侍が手を振った。

「何にせよ、いい初陣になったな」

安東満三郎が信平に言った。

「へえ。あとは、川開きの花火をおとうに見せてやったら終いで」

信平が感慨深げに答えた。

「形見でも持ってきたのかい」

それと察して、万年同心がたずねた。

「へえ、これを」

信平はふところの巾着からあるものを取り出した。

根付だ。

「じっくり見物させてやれ」

情のこもった声で、黒四組のかしらが言った。

「きっと喜びましょう」

取材を終えた目出鯛三が言った。

信平は黙って目をしばたたかせた。

「江戸のつとめも終いだからよ。花火を楽しんで帰るっちゃ」

孫助が弟子に言った。

「気張った甲斐があったっちゃ」

「次の江戸はまだ先だし」

兄弟子たちが言う。

「楽しみだっちゃ」

信平の顔にやっと笑みが浮かんだ。

三

川開きの日になった。

この日を目当てに江戸に出てくる者がいるし、前々から約も入る。のどか屋の泊まり部屋は早々に埋まった。

「晴れそうでよかったな」

「早めに場所取りをしねえと」

そろいの半纏姿の大工衆が言った。

中食は鰹の梅たたき膳だ。これに茶飯(ちゃめし)と小鉢と浅蜊汁がつく。のどか屋ではなじみの膳だ。

「待つのが大儀ゆえ、十年あまり花火は見ておらぬな」

剣術指南の武家が言った。

「大変な人出ですからね」

その門人が言う。

「ここの子は見物に行くのかい」

べつの客がおちよにたずねた。

「まだ下の子が小さいので、もう少し大きくならないと」

おちよは勘定場を手で示して答えた。

若おかみのおようがおひなを抱っこして客の相手もこなしている。

「はは、そりゃそうだ。先々の楽しみにしな」

客が笑みを浮かべた。

「いずれつれていきますんで」

千吉が厨からいい声で答えた。

中食が滞りなく売り切れると中休みになった。

いつもなら呼び込みに出かけるところだが、今日はすべて埋まっている。空き部屋がないかたずねに来る客に断りを入れるのが大変なほどだ。

おけいとおちえにはまかないを出した。多めに仕込んであった鰹の梅たたき膳だ。

「こういうときじゃないとゆっくり食べられないので」

古参のおけいが笑みを浮かべた。

「まかないを食べて早上がりだと悪いみたいです」

おちえも箸を動かす。

「いつも気張ってくれているから、今日くらいは」

おちよが笑顔で言った。

四

二幕目に入った。

元締めの信兵衛に続いて、岩本町の御神酒徳利があわただしく入ってきた。

「おう、出てたぜ」

野菜の棒手振りの富八が刷り物をひらひらと振る。

かわら版だ。

「目出鯛三先生が取材されてたかわら版がもう」

おちよの顔に驚きの色が浮かんだ。

「先生はやることが早いから」

千吉が笑みを浮かべた。

「薬売りさんらは外廻りかい。よく書いてあったぜ」

湯屋のあるじがかわら版を指さした。

「おっつけお帰りになるかと。ちょっと拝見」

おちよが手を伸ばした。

「おう。みなに聞こえるように読んでやってくんな」

富八が刷り物を渡した。

万吉とおひなを遊ばせていたおようも聞く構えになる。

「なら、読むわよ」

のどの具合を調えてから、おちよはかわら版を読みだした。

越中富山の薬売り衆の手柄
京より江戸へ、悪党の手先が流れこんでゐをり。悪知恵の働く者どもは、まことしやかに薬売りに扮し、押し込み先を物色してゐたり。
この正体に気づきしは、江戸の横山町の旅籠付き料理屋のどか屋を定宿とする越中富山の薬売り衆なり。本家本元の薬売りの目を、さしもの悪党も欺けず、ただちに捕り網が広げられ一網打尽となりし。善哉善哉。
大手柄の薬売り衆には、信平といふ初陣の若者がゐをり。船の難破で惜しくも亡くなりし父の跡を継いでの初陣なり。両国の川開きの花火をば、亡き父、辰平の形見とともに見物して帰郷するとのこと。何よりの供養にならん。

「以上です」

　おちよはそう言ってかわら版を富八に返した。

「孫助さんが薬箱につかまって漂流した話は紹介されてないんだね」

　千吉がやや意外そうに言った。

「あれもこれもいっぺんに書くとごちゃごちゃするから、このたびは捕り物に絞ったんじゃないかと」

　おようが言った。

「ああ、そうね。そのうちまた何かの埋め草でお書きになるんじゃないかと」

　おちよが笑みを浮かべた。

「とにかくまあ、めでてえこって」

　寅次が両手をぱちんと打ち合わせた。

「なら、これはおいらからの差し入れで」

　富八がかわら版を一枚板の席に置いた。

「きっと喜びますよ」

千吉が白い歯を見せた。

五

その日は隠居の療治の日だった。

例によって季川が座敷に腹ばいになり、良庵の療治を受けはじめてほどなく、越中富山の薬売り衆が帰ってきた。

「やれやれ、これで終わりだっちゃ」

かしらの孫助が言った。

「仕入れも終わったし、あとは花火見物だけで」

「楽しみだっちゃ」

ほかの薬売りたちもほっとした顔つきだ。

「みなさんのこと、かわら版に載ってますよ」

おちよが告げた。

「えっ、ほんとけ？」

「もうかわら版に」

驚きの色が浮かぶ。

「読ませてもらったけど、何よりの江戸土産になるよ」

隠居が温顔で言った。

「どうぞお読みくださいまし」

おちよがかわら版を差し出した。

薬売り衆がさっそく群がる。

「『越中富山の薬売り衆の手柄』って書いてあるっちゃ」

幸太郎が声をあげた。

「のどか屋の名も出てる」

吉蔵が指さす。

「わっ、おいらの名も出てるっちゃ」

信平が驚いたように言った。

「辰の名も出てる」

孫助が瞬（まばた）きをした。

「『何よりの供養にならん』と」

幸太郎が結びの一行を読んだ。

「ありがてえ」

　信平が両手を合わせた。

「おいらたちの引札にもなったっちゃ」

　孫助がうなずいた。

「これで若い薬売りがまた増えるっちゃ」

　幸太郎が笑みを浮かべる。

「いいことずくめだね」

　療治を受けながら、季川が笑顔で言った。

六

「なら、行ってくるっちゃ」

　孫助が右手を挙げた。

「お気をつけて」

「楽しんできてくださいまし」

　おちよとおようが見送る。

「晴れてよかったね」

隠居の季川も言った。

「へえ、楽しみだっちゃ」

「明日は豆腐飯を食ってから帰りますんで」

薬売り衆が言う。

「今夜は遅くまで開けてますんで、戻ってから呑んでください」

千吉も見送りに出て言った。

「それも楽しみで」

「まずは花火だっちゃ」

「待つのも楽しみで」

薬売り衆はみな笑顔だった。

そこへ、急ぎ足で目出鯛三がやってきた。

「おう、間に合った」

狂歌師はひらひらと幾枚かの刷り物を振った。

「読ませてもらいました、先生。ありがてえことだっちゃ」

孫助が両手を合わせた。

「おいらの名前も出してもらって」

信平が恐縮して言う。

「これだけしか残ってませんが、江戸土産の足しに」

目出鯛三はかしらにかわら版を渡した。

「越中富山に戻ったら配るっちゃ」

孫助は笑みを浮かべた。

かわら版をいったん大事にしまい、再び出かける構えになった。

「なら、行ってくるっちゃ」

孫助が右手を挙げた。

「行ってらっしゃいまし」

おかみと若おかみが見送る。

「おまえらも行くけ？」

猫好きの吉蔵がひょこひょこ歩いてきたふくとたびに声をかけた。

何かもらえるのかと、ろくと小太郎、それに子猫のこゆきも寄ってきた。

「ねこさんたちは、お留守番」

万吉がそう言ったから、のどか屋に笑いがわいた。

七

たーまやー……

花火の見物衆から掛け声があがった。

「玉屋（たまや）は去年焼けちまったけどよ」

「鍵屋（かぎや）より言いやすいんで」

「見世の供養にもなるしよう」

両国橋のなかほどに陣取った大工衆が口々に言った。

両国の川開きの名物の花火は、玉屋と鍵屋が競うように揚げていた。揚がるたびに見物衆から掛け声が発せられる。川開きの風物詩だ。

ところが去年、玉屋が火事を出して焼けてしまった。失火は大きな罪になる。鍵屋より人気が高かった玉屋は、あいにく一代かぎりで絶えてしまった。

それを惜しむ気持ちもあり、その年はとりわけ玉屋の掛け声が多かったと伝えられている。

「おめえもやるっちゃ」

かしらの孫助が信平に言った。

「掛け声を？」

信平が驚いたように問うた。

右手には父の形見の根付を握りしめている。

「おう、それも江戸土産になるっちゃ」

薬売りのかしらが言った。

「おいらもやるから」

幸太郎が笑みを浮かべる。

「みんなで掛け声だっちゃ」

吉蔵の声に力がこもった。

ややあって、次の花火が揚がった。

「よし、行くっちゃ」

孫助が言った。

信平は帯を一つぽんとたたいた。

たーまやー……


声が出た。

近くにいた客が振り向いたほどの声だ。

「いいぞ、信平」

「天のおとうにも届いてるっちゃ」

「もういっぺん行け」

仲間から声が飛んだ。

天にいるおとうにも届いている。

そう言われたとき、急に夜空がぼやけた。

瞬く星がにじんで見えた。

次の花火が揚がる。


かーぎやー……

いくらか気のない掛け声が響いた。

それに抗うように、信平は根付を握りしめ、もう一度声を発した。

たーまやー……

その声は、見物衆のほかのだれよりもよく通った。
天に届くかのような声だった。

第五章　穴子づくし膳

一

「これも当分食えねえっちゃ」

吉蔵がそう言って、豆腐飯の匙を動かした。

川開きの翌る日の朝膳だ。

「次は琉球組かもしれねえから」

幸太郎も続く。

「じっくり味わって食うっちゃ」

かしらの孫助が言った。

「へえ」

信平がうなずいた。

「初めての江戸はどうだった？」

ゆうべは泊まりだった季川が温顔で問うた。

「来てよかったです。おやじにも花火を見せられたんで」

信平は笑みを浮かべた。

「形見の根付に見せてやってたっちゃ」

孫助が言葉を添えた。

「そうかい。それは何よりだね」

隠居は笑顔で言った。

「おれらは年に一度の楽しみで」

「雨に降られることもあるけどよ」

「そのときは、のどか屋の豆腐飯を食えるから」

「今年は両方で万々歳だ」

ほかの泊まり客がにぎやかに言った。

「今日もう帰るのかい」

隠居が問うた。

「へえ、朝膳をいただいたら越中富山に帰るっちゃ。また年末か正月に」

かしらの孫助が答えた。

「みな、いい子にしてるっちゃ」

土間をちょろちょろしている猫たちに向かって、吉蔵が言った。

「次にいらっしゃるときは、この子はひとかどの猫になってるでしょう」

千吉がこゆきを指さした。

「子猫が大きくなるのはあっという間で」

時吉が言う。

「それも楽しみだっちゃ。……ああ、味噌汁もうめえ」

吉蔵が感慨深げに言った。

信平は味わいながら食べていた。豆腐飯に薬味を入れ、入念にまぜてから匙を口に運ぶ。

「うまいけ？」

幸太郎がたずねた。

「へえ」

信平は満足げにうなずいた。

二

最後の朝餉が終わった。

越中富山の薬売り衆は旅装を整えた。

「では、お気をつけて」

おちよが頭を下げた。

「またお待ちしております」

時吉も続く。

今日は薬売り衆を見送ってから長吉屋だ。

「世話になったっちゃ」

孫助が張りのある声で言った。

「またいつか来るっちゃ」

幸太郎が白い歯を見せる。

「みな達者でな」

吉蔵は猫たちに声をかけた。

「そうそう、師匠。餞（はなむけ）に一句」

見送りに加わっていた季川に向かって、おちよが言った。

「書かなくていいかい。短冊とはいえ、無用の荷が増えるのは相済まないから」

隠居が答えた。

「ここの引き出しに入れますんで」

孫助がこめかみを指さした。

「はは。なら、僭越（せんえつ）ながら……」

季川はいくらか思案してから句を発した。

江戸の夏ほまれは越中薬売り

「凡句で相済まないがね。では、おちよさん付けておくれ」

隠居は女弟子のほうを手で示した。

「えー、どうしましょう」

おちよはあごに手をやって思案した。

「ばあば、しっかりって」

およ うがおひなの手を振る。
おちよは笑みを浮かべると、付け句をこう発した。

津々浦々に薬箱あり

「おれらの働きだっちゃ」

孫助が笑顔で言った。

「日の本じゅうに薬箱を置いていただけるように気張らねえとな」

幸太郎が言った。

「気張るっちゃ」

吉蔵がいい声で答えた。

「なら、そろそろお暇(いとま)するっちゃ」

孫助が言った。

「お世話になりました」

信平が深々と一礼した。

「どうかお達者で」

「みなさん、お達者で」

おかみと若おかみの声がそろった。

「おたっしゃ、おたっしゃ」

言葉が増えてきたおひながおうむ返しで言ったから、のどか屋に笑いがわいた。

こうして、長逗留を終えた薬売り衆は、故郷の越中富山に向けて旅立っていった。

三

川開きが済んでも、すぐ盛夏になるわけではない。時にはうっとうしい長雨が続き、妙に冷える晩もある。

それでも、少しずつ夏の気配が江戸を覆っていく。

食べ物もそうだ。

暑さに負けず、精をつけるための鰻や穴子の蒲焼き。

逆に、暑気を払うための素麺などの涼やかな料理。

いずれも出番が多くなるのが江戸の夏だ。

「もう精をつけるような歳じゃないがね」

鶴屋与兵衛（つるやよへえ）がそう言って、鰻の蒲焼きを口に運んだ。

長吉屋の一枚板の席だ。

「いやいや、おれに比べたらまだまだで」

厨の隅の床几（しょうぎ）に腰かけた長吉が言った。

「師匠も顔色がいいですよ」

厨から時吉が言った。

「まだまだ達者に暮らしてもらわないと」

井筒屋善兵衛（いづつやぜんべえ）が猪口の酒を呑み干す。

薬研堀（やげんぼり）の銘茶問屋のあるじで、恵まれない子供らの養父になっていくたりも幸せにしてきた有徳（うとく）の人だ。のどか屋と縁深い双子の姉妹、江美（えみ）と戸美（とみ）もそのなかに含まれている。

「まあ、また気が向いたら弟子のとこを廻りたいので」

長吉が笑みを浮かべた。

日の本じゅうに散らばっている弟子のもとを廻るのが、古参の料理人の生き甲斐の一つだ。

「ああ、肝吸（きもす）いもおいしいね」

鶴屋与兵衛が満足げに言った。

上野黒門町の薬種問屋の隠居だ。隠居所を兼ねて近くの紅葉屋の後ろ盾になった。女あるじはかつて時吉と料理人の腕くらべで競い合ったお登勢で、千吉も「十五の花板」として研鑽に励んでいたこともあるから、昔から縁深い。

「よし、焼き茄子の皮むきをやるぞ」

時吉が一緒に厨に入っている若い弟子に言った。

「へえ」

まだおぼこい顔の弟子が緊張気味に答える。

「茄子を水につけてから皮をむくやり方もあるが、焼きたての皮をむいたほうが格段にうまい。皮をむく指のほうを水につけて、手際よくむくんだ」

時吉は手本を見せた。

指を椀の水につけ、冷ましながらむいていく。たちどころに茄子がきれいにむけた。

「やってみろ」

弟子にうながす。

「臆せずやれ」

長吉も声をかけた。

「へえ」

若い弟子が皮むきを始めた。

開き厨の一枚板の席で、客に見られながら料理をする。これが何よりの修業になる。

「……熱っ」

弟子が顔をしかめた。

「熱いのは当たり前だ。指をまず水につけて手際よくやれ」

時吉の声が高くなった。

「へえ」

若い弟子は肚をくって指を動かした。

ときどき眉間にしわが寄ったが、どうにかむき終えた。

「おお、できたね」

井筒屋善兵衛が笑みを浮かべた。

「へえ、なんとか」

若い弟子はそう答えて、指を軽くもんだ。

やはり熱かったらしい。

「よし、これから仕上げだ」

時吉が段取りを進めた。

焼き茄子のへたを切り落とし、箸で四つに割く。

それを器に盛り、割り醤油をかける。だしが二、濃口醤油が一の割りだ。

おろし生姜(しょうが)を添え、糸がきの鰹節をふわりと載せれば出来上がりだ。

「お待たせいたしました」

時吉はまず鶴屋与兵衛に焼き茄子を出した。

「わたしの分はお弟子さんだね」

井筒屋善兵衛が温顔で言う。

「いまからつくります」

弟子の顔が引き締まった。

いくらか怪しげな手元を、時吉と長吉がじっと見る。

「お待たせで」

弟子が善兵衛に器を出した。

「もっと下から」

長吉がすかさず叱咤(しった)した。

びくっ、と弟子の肩がふるえる。

「いや、やりなおさなくてもいいよ。次から気をつけて」

善兵衛が言った。

「承知で」

弟子はそう答えると、料理を下から出すしぐさをした。

「そうだ。それでいい」

時吉がうなずいた。

「蒲焼きの後だとさっぱりしていいね。うまいよ」

与兵衛が笑みを浮かべた。

「ありがたく存じます」

弟子の手本にもなるように、時吉はていねいに頭を下げた。

四

それからしばらく経った。

二幕目に、黒四組の二人が入ってきた。安東満三郎と万年平之助だ。

「おう、捕まったぜ」

顔を見せるなり、あんみつ隠密がいなせに右手を挙げた。

「京の悪党がですか？」

おちよがたずねた。

「おう。これでひとまず安泰だ」

黒四組のかしらはそう言って、一枚板の席に腰を下ろした。

「やったね、平ちゃん」

千吉が厨から言った。

「おれが捕まえたわけじゃねえけどよ」

万年同心が渋く笑った。

「京の捕り方の働きだ」

あんみつ隠密が言った。

「素麺ができますが、いかがでしょう」

若おかみのおようが水を向けた。

「そうめん、そうめん」

万吉が唄うように言った。

「この子は気に入ったみたいで」

おようが笑みを浮かべた。

「そうめん、そうめん」

今度はおひながさえずった。

「妹も素麺を食うのかい」

万年同心が驚いたように訊いた。

「いえ、お兄ちゃんの口真似をしただけで」

おようがおかしそうに言った。

「こんなちっちゃい子が素麺を食べたらびっくりですよ」

と、おちよ。

「万吉くらいになったら、食べるようになるでしょう。いま運びますので」

千吉が歯切れよく言った。

素麺が来た。

盛られた素麺は同じだが、つゆの色が違う。

万年同心のつゆは濃い色だ。江戸ならではの濃いつゆに、おろし山葵やもみ海苔や切り胡麻を添えて食す。

「ちょうどいい加減だ、二代目」

さっそく食した万年同心が言った。

「ありがとう、平ちゃん」

千吉が白い歯を見せた。

あんみつ隠密の箸も動いた。

やや色が浅いつゆに素麵をどばっとつけて口に運ぶ。

「うん、甘え」

味醂で素麵を食した安東満三郎の口から、いつもの台詞が飛び出した。

五

翌日の二幕目には青葉清斎が顔を見せた。

往診と薬の調達の帰りだ。

「うちの里子は達者にやっておりますでしょうか」

おちよがたずねた。

「ええ。療治長屋でさっそくつとめに入っております」

総髪の医者が答えた。

「名は決まりましたか」

今度はおようがたずねた。

「羽津の弟子の綾女にちなんで、おあやという名にしました。そのうち子が生まれたら、安房屋さんが鼠捕りに欲しいと早くも手が挙がっておりまして」

清斎はそう言うと、冷たい麦湯を啜った。

「さようですか。それはようございました」

「だんだん猫の輪がつながってきて」

のどか屋のおかみと若おかみが笑みを浮かべた。

「お待たせしました」

ここで千吉が料理を運んできた。

清斎がいくらか小腹が空いたと言うので、小芋などを載せた冷やしうどんを出した。

中食はざるうどんと穴子飯の膳だった。

昨日から気を入れて多めに生地(きじ)をつくったから、うどんはまだ余っている。暑気払いのため、井戸に下ろして冷やしたつゆを張り、甘辛く煮てから冷ました小芋を載せた冷やしうどんを出した。

刻み葱におろし生姜、切り海苔に胡麻。薬味もたっぷりだ。

「おいしいですね」

食すなり、清斎の顔に笑みが浮かんだ。

「小芋は身の養いになりますから」

千吉が厨から言った。

「地の下で力を蓄えていますからね。その力が何よりの身の養いになります。薬味も薬膳の理にかなったものばかりですね。暑い夏を乗り切るにはもってこいです」

医者は太鼓判を捺した。

「ふぎゃっ」

ここで妙な声が響いた。

おひなにやにわに尻尾をつかまれた小太郎が怒ったのだ。

ちょっとひっかかれたらしく、今度はおひなが泣きだす。

「駄目よ。尻尾をつかんだりしちゃ。大丈夫？」

おようがあわてて駆け寄る。

幸い、大した傷ではなかったが、痛かったらしく、おひなは泣きやまない。

「次からは、尻尾をつかんだりしちゃ駄目だぞ」

父の顔で、千吉が言った。

「こうやってしくじりながら、いろいろなことを覚えていくものですから」

本道の医者はそう言うと、また冷やしうどんを胃の腑に落とした。

六

翌日は親子がかりの日だった。

中食は穴子づくし膳だった。

時吉が蒲焼きを受け持ち、千吉が天麩羅を揚げる。食べくらべるとことにうまい膳だ。

くどくならないように、椀はさっぱりと豆腐と葱の味噌汁にする。大豆（だいず）がたっぷりの茶飯に青菜（あおな）の胡麻和えと金平牛蒡（きんぴらごぼう）の小鉢。にぎやかで身の養いになる膳だ。

「天麩羅はさくさくだな」

「きれいにまっすぐ揚がってるしよ」

「さすがは二代目だ」

なじみの左官衆が座敷から口々に言う。

「蒲焼きもうめえ」

「茶飯にのっけてもうめえぜ」

「茶飯の豆がまたふっくらで」

土間の茣蓙に陣取った植木の職人衆も満足げだ。

「うちの里子は達者でしょうか」

おちよが職人衆の一人にたずねた。

女房が猫を飼いたいということで、手を挙げてくれた男だ。

「おう。えさをばくばく食いやがるぜ」

里親が笑みを浮かべた。

「猫はすぐでかくなるからな」

「来年には化け猫だ」

「んなはずねえや」

仲間たちが掛け合う。

「名は何になったのでしょう」

今度はおようがたずねた。

「かかあが名をつけてよ。のどか屋からもらったから、のど吉に」

男はそう言うと、穴子の蒲焼きをまた胃の腑に落とした。

「それは分かりやすい名で」

若おかみが笑顔で答えた。

「うちは代々『吉名乗り』ですから」

大おかみのほおにえくぼが浮かんだ。

「達者にしてるから、安心してくんな」

里親はそう答え、今度は天麩羅に箸を伸ばした。

そんな調子で、好評のうちに中食の膳は売り切れた。

短い中休みを経て二幕目に入る。

泊まり客の呼び込みも上々だった。のどか屋の六つの部屋のうち四つが埋まったから いい按配(あんばい)だ。夕方から夜にかけてさらに客が来れば、すべて埋まってくれるかもしれない。

客の案内がひとわたり終わり、ひと息ついた頃合いに、表で人の気配がした。どうやら駕籠が着いたらしい。

「見て来るわね」

おちよがさっそく外に出た。

身分のある武家が用いる駕籠で、徒歩(かち)にて付き従う者もいる。これは、と察しがついたが、案の定だった。

「久しぶりやな」

駕籠から下り立ったのは、大和梨川藩の江戸詰家老、原川新五郎だった。

七

「まあ、殿が早めにお戻りに」

江戸詰家老から話を聞いたおちよの顔が、ぱっと晴れた。

「そや、ほんまは秋まででっちゅう話やったんやが、御役の加減もあるさかいに早まったんや」

原川新五郎が答えた。

元は勤番の武士で、時吉が磯貝徳右衛門と名乗っていたころからの古い付き合いだ。

「どういう御役でしょうか」

時吉がたずねた。

「そこまではまだ聞いてへんねん」

髷が白くなった江戸詰家老が答えた。

「またうちへお越しになったら、おいしいものをお出ししますので」

千吉が笑顔で言った。

「殿も楽しみにしてるやろ」

原川新五郎はそう言うと、湯呑みの冷や酒をうまそうに啜った。

大和梨川藩主の筒堂出羽守良友はのどか屋の隠れた常連だった。

もっとも、藩主として通っているわけではない。のどか屋ののれんをくぐるときは、お忍びの武家、筒井堂之進と名乗っている。

先代の藩主が業半ばにして逝ったあと、傍流の家系ながらも藩主の座に就いた。初めての参勤交代で国元に帰ってからは、しばしば馬を駆って領民との交流を深めているらしい。民からも慕われている快男児だ。

「江戸の味がお気に入りでしたものね」

おちよが笑みを浮かべた。

「そや。文にも『のどか屋の豆腐飯を食ひたきもの』と書いてあったで」

江戸詰家老が伝えた。

「それはそれは、ありがたいことで」

おちよが両手を合わせた。

ここで料理が出た。

焼き穴子の玉子とじだ。

穴子の蒲焼きを食べやすい大きさに切る。平たい鍋にだしと醬油と味醂を入れて沸かし、ささがき牛蒡を投じ入れる。これは薄いほうがうまい。

火が通ったら穴子を散らし、溶き玉子を回し入れる。仕上げに三つ葉を散らせば、風味豊かな玉子とじの出来上がりだ。

「こら、うまい」

食すなり、江戸詰家老が声をあげた。

「江戸の味つけなので」

時吉が言った。

「殿が戻られたら、お出しします」

千吉も和す。

「そら、大喜びや」

破顔一笑して言うと、原川新五郎はまた箸を動かした。

第六章　焼き霜(しも)づくりとしのび揚げ

一

「ありがたくぞんじました」

のどか屋の勘定場から声が響いた。

声を発したのは、三代目の万吉だ。

「おっ、よく言えたな、三代目」

「偉(えれ)えぞ」

なじみの左官衆が笑みを浮かべた。

背丈も伸び、顔だちもしっかりしてきた。

「おひなも言いな」

万吉は一緒にいた妹に言った。

「まだ荷が重いぜ」

「いや、分かんねえぞ。言うかもしれねえ」

客がさえずる。

「言ってごらんなさい、『ありがたくぞんじました』って」

母のおようがうながした。

「あり、あり……」

おひななりにしゃべろうとする。

「『ありがたく』だよ」

兄が教えた。

「ありがたく」

「そうそう、合ってるわ」

おようが笑みを浮かべた。

「それから、『ぞんじました』」

万吉がさらに教えた。

「ぞんじました」

おひなはおうむ返しに言った。

「おう、言えたぜ」

「偉えな」

「中食もうまかったし、いい日に来たな」

勘定を済ませると、左官衆は上機嫌で出ていった。

中食の顔は鯵（あじ）の焼き霜（しも）づくりだった。

鯵を三枚におろして皮をはぎ、熱した金串を押し当てて焼き目をつける。こうすると青臭さが取れるし、刺身の見た目も面白い。おろし生姜と青芽を添え、土佐醤油で食せば暑気払いのひと品になる。

これに、大豆と油揚げと牛蒡の炊き込みご飯とけんちん汁と小鉢がつく。いつもながらのにぎやかな膳だ。

「のどか屋の中食を食ってりゃ、夏負け知らずだな」

「おう、気張ってやるぜ」

植木の職人衆が言った。

「ありがたく……」

「……ぞんじました」

万吉とおひなが調子を合わせて言ったから、のどか屋に和気が漂った。

二

二幕目になった。

岩本町の御神酒徳利が顔を見せたかと思うと、元締めの信兵衛と力屋のあるじの信五郎も顔を見せた。のどか屋の一枚板の席はたちまちにぎやかになった。

「ちょいと手のこんだ肴をお出ししますので」

千吉が言った。

「おっ、楽しみだな」

湯屋のあるじがすぐさま言った。

「おいらが入れた小茄子が見えるぜ」

野菜の棒手振りが指さす。

「小茄子のしのび揚げをつくりますので」

千吉がそう言って手を動かした。

小茄子はへたの周りを切り取り、皮をむいて縦半分に深い切り込みを入れる。

その切り口を開き、細かくたたいて溶き玉子とみじん切りの葱を加え、味を調えた芝海老を詰める。

これに衣をつけてこんがりと揚げる。茄子と芝海老、二つの味が楽しめる手のこんだ肴だ。

ややあって、しのび揚げができた。

さっそく一枚板の席の客に供される。

「これはうちでは出せない料理ですな」

力屋のあるじがうなった。

「力屋さんはお急ぎのお客さんが多いですから」

おちよが言う。

「ただの茄子天や海老天なら、たまにお出ししますがね……ああ、これはほんとに手わざで」

信五郎は満足げだ。

「さすがは二代目っていう味だな」

寅次がうなった。

「うん、小茄子がうめえ」

富八が笑みを浮かべた。

「おっ、だいぶ猫らしくなってきたな」

ひょこひょことやってきたこゆきを見て、元締めが言った。

「ええ。ほかの猫たちともすっかりなじんで」

と、おちよ。

「初めのうちは、新参者は怒られたりしてましたけど」

おようも和す。

「だいぶ慣れたんだね。いいことだ」

信兵衛が笑みを浮かべたとき、表で声が響いた。


ああ、帰ってきた。

久しぶりやな。


上方の訛りがある。

「あっ、あの声は」

おちよが気づいた。

案の定だった。

ほどなく姿を現わしたのは、大和梨川藩の二人の勤番の武士だった。

三

「江戸へ帰ってきました」

稲岡一太郎(いなおかいちたろう)が白い歯を見せた。

二刀流の遣い手で、大和梨川藩でも指折りの剣士だ。

「またうまいものを食えますわ」

もう一人の武家が言った。

兵頭三之助(ひょうどうさんのすけ)だ。

こちらは将棋の名手で、詰将棋の難問をたちどころに解いてしまう頭脳の持ち主だ。

二人の武家は座敷に陣取った。さっそく酒と肴が運ばれる。

小茄子のしのび揚げはまだ出せるが、できあがるまでいくらか間(ま)がある。そこで、お通しとしてべつの肴を出すことにした。

蓴菜の切り胡麻和えだ。

蓴菜をさっと茹で、つけ地に半刻ほどつけて味を含ませる。だしに味醂と薄口醬油を加えた品のいいつけ地だ。

終いにたっぷりの白切り胡麻で和えれば、小粋な肴ができる。

「ええ味や」

兵頭三之助が食すなり言った。

「これから、おいしいものをたくさんいただきます」

稲岡一太郎が笑みを浮かべた。

「殿はいつ見えるんですかい？」

湯屋のあるじが一枚板の席から問うた。

「御役の相談が終われば、ふらりと顔を出すだろう」

二刀流の遣い手が答えた。

「どんな御役で？」

今度は元締めが問うた。

「それは、われらの口からは」

将棋の名手が人差し指を唇の前に立てた。

しばらく大和梨川の土産話が続いた。

筒堂出羽守がすっかり気に入ったのどか屋の豆腐飯は、大和梨川藩の藩邸でもしばしば供されていた。そればかりではない。馬を駆って民と交流するお忍びの藩主が、自らつくり方を指南することもあったらしい。

「まあ、そんなことまで」

おちよが目をまるくした。

「そのうち、豆腐飯は大和梨川の郷土料理になるかもしれません」

稲岡一太郎が言った。

「ほんまに、瓢簞（ひょうたん）から駒（こま）で」

兵頭三之助がおかしそうに言った。

ここでしのび揚げができた。

「お待たせいたしました」

千吉が自ら座敷に運ぶ。

「おお、来た来た」

「こら、うまそうや」

帰ってきた勤番の武士たちがさっそく箸を取った。

「いらっしゃいまし」

おようがおひなの手を引いて姿を現わした。

うしろには万吉もいる。

「あっ、下の子やね」

兵頭三之助が声をあげた。

「上の子も大きくなって」

稲岡一太郎が驚いたように言う。

江戸を離れていた勤番の武士たちにはおひなは初顔になる。

「おかげさまで、無事に育っています」

若おかみが笑顔で答えた。

「それは何よりで」

「殿に伝えとくわ」

勤番の武士たちが白い歯を見せた。

しのび揚げの評判は上々だった。

「これから一年余りは、こういううまいもんが食えるな」

料理を味わいながら、兵頭三之助がしみじみと言った。

「大和梨川では、海のものが食べられないので」

稲岡一太郎が言った。

「うちへお越しになったら、いくらでもお出ししますので」

厨に戻った千吉が言った。

「野菜もいいものを入れますんで」

富八が二の腕をたたく。

「殿にもよろしゅうお伝えくださいまし」

おちよが笑顔で言った。

四

翌々日――。

その日は親子がかりの日だった。

中食ではかき揚げ入りの冷やしうどんの膳を出した。うどんを打って茹で、冷たい井戸水で締める。つゆも井戸に下ろして冷やしておく。

これに大ぶりのかき揚げを載せる。海老や甘藷も入った風味豊かなかき揚げだ。

膳には茶飯と小鉢もつく。親子がかりの日ならではのにぎやかな膳は、このたびも好評のうちに売り切れた。

　二幕目になった。

　泊まり客の案内などが一段落ついたとき、黒四組の二人がのれんをくぐってきた。

「まだだな」

　見世を見回してから、あんみつ隠密が言った。

「待ってますか」

　万年同心がそう言って、一枚板の席の端に腰を下ろした。

「お待ち合わせで？」

　おちよがたずねた。

「まあそんなとこだ」

　万年平之助が答えた。

「だれと待ち合わせ？　平ちゃん」

　千吉が気安く問うた。

「まあ、来てみりゃ分かるぜ」

　万年同心が渋く笑った。

　あんみつ隠密にはいつものあんみつ煮、万年同心には海老天が供せられた。

「あんまり先に呑みすぎるとまずいがな」

黒四組のかしらがそう言って、小ぶりの湯呑みの冷や酒を少し啜った。

「ひょっとして、身分のあるお武家さまと待ち合わせとか」

千吉が厨から言った。

「読むな、二代目」

万年同心がにやりと笑った。

「さすがの勘ばたらきだ」

安東満三郎も笑みを浮かべた。

ややあって、その「身分のあるお武家さま」がのれんをくぐってきた。

「おう、久しぶりだな」

のどか屋に入るなり、さっと右手を挙げたのは、大和梨川藩主の筒堂出羽守良友だった。

五

「無事のお戻り、おめでたく存じます」

おちよが頭を下げた。

「また通わせてもらうぞ。ここの料理はいくたびか夢に出てきた」

お忍びでは筒井堂之進と名乗る武家が白い歯を見せた。

「江戸の海の幸をお出ししますので」

「気張ってつくらせていただきます」

のどか屋の親子が厨から言った。

「では、さっそく海のものを何か」

筒堂出羽守が所望した。

「なら、海老天を揚げます」

時吉がすぐさま答えた。

「鮎の風干しもあぶれますが、いかがでしょう」

千吉が水を向けた。

「ああ、頼む。大和梨川では、菓子の押しものの海老しか食えなかったからな」

お忍びの藩主がそう言ったから、のどか屋に和気が漂った。

酒が来た。

「まま、一杯」

黒四組のかしらがつぐ。

「おう、これからも頼む」

筒堂出羽守が少し声を落として答えた。

「この先もご一緒で？」

耳ざとく聞きつけたおちよがたずねた。

「一緒ってわけじゃねえんだが、御役がらみで、この先も折にふれて力を貸すことになってな、おかみ」

安東満三郎が答えた。

「平ちゃんも？」

千吉が問う。

「おれは江戸だけが縄張りだから、ここで一緒に呑むくらいだな」

万年同心が答えた。

「どんな御役なんでしょう」

おちよがたずねた。

「そりゃあまあ、追い追いだ」

筒堂出羽守は渋く笑って猪口の酒を呑み干した。

料理が来た。

「お待たせいたしました」

時吉が海老天を置く。

「こちらも焼きあがりましたので」

千吉は鮎の風干しの皿を下から出した。

「これはうまそうだ。さっそくいただこう」

お忍びの藩主が箸を取った。

評判は上々だった。

「海老天の揚げ加減、鮎の焼き加減、どちらも申し分がないな」

しばらく賞味していた着流しの武家が満足げに言った。

ここで奥からおようがおひなをつれて出てきた。お忍びの藩主にはお披露目となる。

「下の子のおひなです」

若おかみが言った。

「おお、ゆくゆくは看板娘だな」

筒堂出羽守が笑みを浮かべた。

万吉も猫を追いかけて歩いてきた。

「待て待て」

追っているのは子猫のこゆきだ。

「これ、いじめちゃ駄目よ」

おようがたしなめる。

「大きくなったな、三代目」

お忍びの藩主が驚いたように言った。

「四つだから」

万吉が自慢げに指を四本立てる。

「そうか。背丈が伸びた。……お、この猫は新顔だな」

こゆきを指さして言う。

「白猫は代替わりをしたんです。前にいたゆきちゃんが大往生で」

おちよが告げた。

「そうであったか。人も猫も、代替わりをしながら血筋を継いでいくわけだからな」

筒堂出羽守はそう言うと、海老天の残りを胃の腑に落とした。

「日の本じゅうで、こうやって代替わりをしているわけですから」

あんみつ隠密がまた酒をつぐ。

「うむ。その日の本を護るためのお役目ゆえ、重き責だ」

藩主は肩に手をやった。

「そういうお役目なのでしょうか」

おちよが驚いたように言った。

「日の本じゅうが縄張りということでは、黒四組と同じだ」

安東満三郎が少し謎をかけるように言った。

「ここだけの話ということにしておいてくれ」

厨のほうをちらりと見てから、筒堂出羽守が言った。

「承知しました」

時吉がすぐさま答える。

「もちろんです」

千吉も和す。

「おれの御役は……」

お忍びの藩主は、猪口の酒をくいと呑み干してから続けた。

「海岸防禦御用掛の補佐役だ」

筒堂出羽守はそう明かした。

六

通称を海防掛という。

設置されたのは寛政四年（一七九二）だ。露西亜の船が通商を求めて来航したのを機に、国防のために設けられた。

初代の海防掛は老中の松平定信だった。のちに、その次男で信濃松代藩主の真田幸貫も同じ御役に就いた。その縁もあって、松代藩士だった佐久間象山が海防に関する進言をいくたびも行い、世に知られるようになった。

「まさか、海のない山間の小国の藩主にそんなお役目が回ってくるとは」

筒堂出羽守が言った。

「殿の人物が買われたんでしょう」

黒四組のかしらが言った。

「それはそれは、大変なご出世で」

おちよが言った。

「いや、いくたりかいる補佐役の一人で、べつにかしらではないからな」

お忍びの藩主があわてて言った。

「それでも。大きなお役目で」

時吉が厨で手を動かしながら言った。

「さよう。ちょうどいまも阿蘭陀船が長崎に入っていてな。これから風雲急を告げるかもしれぬ」

筒堂出羽守の顔つきが引き締まった。

年末に弘化と改元される一八四四年には、いろいろと動きがあった。

まず二月には阿蘭陀の商館長が江戸に登城した。さまざまな土産を持参したこの登城が伏線だった。

六月には、一艘の阿蘭陀船が長崎に入港、国書を持参した特使を乗せた軍艦の来航を予告する。

その予告どおり、七月二日、軍艦パレンバン号が長崎に入港した。特使のコープスが持参した国書は、アヘン戦争の結果を報じ、日本に開国を迫る内容だった。

「阿蘭陀だけでも大変だが、ほかにも虎視眈々と狙っている国があるからな」

いくらか浮かぬ顔で、筒堂出羽守が言った。

「物騒な世の中になったもんで」

黒四組のかしらが言う。

「そうしますと、殿が外つ国の人のお相手をすることも？」

おちよがたずねた。

「いやいや、そんな上のほうのお役目ではないゆえ」

お忍びの藩主はあわてて手を振った。

「それでも、日の本を背負うおつとめですから」

と、おちよ。

「みなの知恵を借りながら、おのれも学びながらつとめていくしかあるまい」

大和梨川藩主の表情が引き締まった。

「こと外つ国相手となると、おれらの知恵など無きに等しいものですが」

安東満三郎が言った。

「平ちゃんはどう？」

次の肴をつくりながら、千吉が問うた。

「江戸だけが縄張りだから荷が重いぜ、千坊」

万年同心は笑って答えた。

「外つ国が相手となると、さすがに師匠でもお役に立てないかも」

おちよが首をかしげた。

「ご隠居は俳諧の師匠だからな。いかに物知りでも畑違いだ」

あんみつ隠密が言った。

ここで次の肴が来た。

「冬瓜（とうがん）のすり流しでございます」

時吉がお忍びの藩主に椀を出した。匙も添える。

「これもうまそうだな」

筒堂出羽守がさっそく匙を取った。

冬の瓜と書くが、冬瓜の旬（しゅん）は夏だ。日もちがよく、風通しのいいところに吊るしておけば、冬を通り越して春先までもつ。冬に重宝する食材ゆえ、その名がついたらしい。

その冬瓜をていねいにおろし、だし汁で煮る。透き通るまでになったら酒と塩で味を調え、水溶きの片栗粉（かたくりこ）でとろみをつける。

それから溶き玉子を回し入れ、半熟になったところで火から下ろす。

これを椀に盛り、おろし山葵を載せれば出来上がりだ。

「うむ、これは初めて食したが美味だ」

お忍びの藩主が満足げに言った。

「ありがたく存じます」

厨に戻った時吉が頭を下げた。

「ああ、そうだ」

千吉がやにわに手を拍った。

「何か思いついたか、二代目」

安東満三郎が言った。

「わたしの恩師の春田東明先生を指南役にいかがでしょう。大変な博学で、蘭書もお読みになっていますから」

千吉は答えた。

「ああ、なるほど」

筒堂出羽守が匙を置いた。

ともにのどか屋の常連だから面識はある。

「折にふれて進講してもらえれば、その知恵を活かすこともできるだろう」

海防掛の補佐役に取り立てられた藩主が乗り気で言った。

「では、われらはつなぎ役で」

黒四組のかしらが言った。

「東明先生のお住まいは分かっているので」

千吉の声が弾んだ。

「のどか屋の人の輪が、役目の支えになりそうだな」

手ごたえありげに言うと、お忍びの藩主は冬瓜のすり流しをまた口に運んだ。

第七章　落ち鮎の巻

一

それからしばらく経った。

朝晩は寒いくらいの風が吹くようになった。もうすっかり秋の気配だ。

のどか屋の中食にも秋の顔が出るようになった。

一番の人気は、新鮮な秋刀魚だ。

ことに、尾のぴんと立った塩焼きは、客のみなが顔をほころばせた。

「やっぱりこれを食わなきゃな」

「醤油をたらした大根おろしをたっぷりのっけてよ」

「相変わらず、ちょうどいい焼き加減だぜ」

そろいの半纏姿の左官衆が口々に言った。

これに茶飯と小鉢と豆腐汁がつく。もう少し経てば茸がふんだんに入るから、さらににぎやかな膳になる。

中食が滞りなく売り切れ、二幕目に入った。

ここでも秋刀魚の肴が出た。

まずは秋刀魚とおぼろ昆布の薄造りだ。活きのいい秋刀魚は刺身でもうまい。器に昆布を敷き、秋刀魚の薄造りを盛り付けておぼろ昆布をまぶす。さらに青紫蘇や茗荷などの薬味を載せ、土佐酢を添えれば出来上がりだ。

「さすがは千ちゃんの腕だね。おいしいよ」

竹馬の友の升造が言った。

大松屋へ客を案内し、ひと息ついた頃合いにのどか屋へやってきた。三代目の升吉も猫たちも達者のようだ。

「いや、いい秋刀魚が入ったし、脇役もいいつとめをしてくれてるんで」

千吉は白い歯を見せた。

「敷いてあるこれも脇役？」

升造が昆布を箸で示した。

「そうだよ。昆布が秋刀魚の水っぽさを吸い取って、逆にうま味を与えてくれるんだ」

千吉が答えた。

「へえ、なるほどね。……ああ、ほんとにおいしい」

大松屋の二代目が白い歯を見せた。

二

その日は隠居が療治に来る日だった。

療治が終われば、軽く一献傾けてから一階の部屋に泊まる。

「今日は秋刀魚づくしで」

千吉が厨から言った。

「何を食べさせてくれるんだい」

隠居が温顔で問うた。

「わた焼きがそろそろ頃合いなので、療治が終わったら焼きます」

千吉が答えた。

「ほう、そりゃ楽しみだね」

隠居の白い眉がやんわりと下がった。

秋刀魚のわたを取り出し、三枚におろして腹骨をすき取る。

わたは細かく刻み、酒と味醂を加えてつけ地をつくる。

これに秋刀魚の身をつける。まず皮を下にしてから、途中で一度ひっくり返すのが勘どころだ。四半刻（約三十分）足らずでちょうどいい塩梅になる。

それから汁気を切り、笊に並べて干す。表面が乾いたら頃合いだ。

ほどなく、良庵とおかねが到着した。

さっそく座敷で療治が始まる。

「大松屋の内湯と、良庵さんの療治、それからのどか屋の酒肴と豆腐飯。これで寿命を延ばしてもらってるよ」

療治を受けながら、季川が言った。

「まだまだお達者で」

おかねが言った。

「腰の具合もまずまずで」

療治をしながら良庵が言う。

「ありがたいことだね」

隠居がしみじみと言った。

そこで、表で人の気配がした。

のれんが開く。

「あっ、先生」

千吉が真っ先に気づいて声をあげた。

のどか屋に姿を現わしたのは、春田東明だった。

三

「進講の帰りでしてね」

総髪の学者がそう言って、一枚板の席に腰を下ろした。

「進講と言いますと、大和梨川藩でしょうか」

おちよが問うた。

「ええ。海防掛の補佐役になられた殿に、諸国の動きや海防の要諦(ようたい)などについて、できるかぎり進講させていただきました」

春田東明は折り目正しく答えた。

「話には聞いていたけど、大役、ご苦労さまで」

隠居が労をねぎらった。

「わたくしも学びになりますので、懸命にやらせていただいております」

碩学（せきがく）の男が頭を下げた。

「今日は筒井さまは？」

おちよがお忍びの武家の名でたずねた。

「今日の進講に基づいて書き物をして、上へ知らせねばならないということで、上屋敷におこもりになっておられます」

東明が答えた。

「それはそれは、大変で」

と、おちよ。

「気を入れて研鑽につとめておられるので、きっと大きな実を結ぶことでしょう」

総髪の学者は白い歯を見せた。

ここで隠居の療治が終わった。

せっかくなので、良庵とおかねにもわた焼きを出すことになった。按摩の夫婦は座敷に残り、隠居が一枚板の席に移って東明と一献傾ける。

「お待たせいたしました。秋刀魚のわた焼きでございます」

　おようが盆を運んできた。

「どうぞ」

　千吉が皿を一つずつ置いていく。

「では、さっそくいただこうかね」

　隠居が箸を取った。

　良庵の分はおかねが箸で口もとへ運ぶ。

　秋刀魚は両づま折りにして串を打って焼く。平らなほうを七分、折ったほうを三分。焼き加減がなかなかにむずかしい。

「これは風味豊かですね」

　春田東明が笑みを浮かべた。

「もっと苦いかと思ったら、そうでもなくておいしいです」

　良庵が満足げに言った。

「塩焼きのわたが苦手な方でも、これなら召し上がっていただけますので」

　おようが笑顔で言う。

「研鑽の成果が出ていますね、千吉さん」

東明がほめる。

「そのとおりだね。一段と味に深みが出てきているよ」

隠居も太鼓判を捺した。

「ありがたく存じます」

千吉は満面の笑みで頭を下げた。

四

さらに秋が深まった。

茸がことにうまくなる季だ。

のどか屋の中食でも、茸づくしの膳が出た。

けふの中食
きのこづくし膳
たきこみごはん、てんぷら、きのこ汁

小ばち　香の物つき
四十食かぎり　三十文

見世の前にはそんな貼り紙が出た。

今日は親子がかりの日だ。

注文が出てから手分けして天麩羅を揚げても、さほど間を置かずに出すことができる。

炊き込みご飯は舞茸、占地、椎茸の三種だ。茸は三種を用いると、互いの味が引き出されてことのほかうまくなる。

これに名脇役の油揚げとささがきの牛蒡が入る。味をよく吸った油揚げをいくらか焦がし気味にすると美味だ。

天麩羅は山の王とも言うべき松茸と、塩胡椒を効かせた舞茸と平茸にした。風味豊かな天つゆに大根おろしを添える。

茸汁には平茸となめ茸を入れ、豆腐と葱を加えた。こちらはさっぱりとした味わいだ。

「どれもうめえな」

「松茸の天麩羅がありがてえ」

「舞茸もよく揚がってるぜ」

そろいの半纏姿の大工衆が言う。

「秋を食しているかのようだな」

剣術指南の武家が満足げに箸を動かした。

「まことにそのとおりで」

その門人が笑みを浮かべる。

「この炊き込み飯は、いくらでも胃の腑に入る」

武家の箸がまた小気味よく動いた。

そんな調子で中食の茸づくし膳は滞りなく売り切れ、短い中休みを経て二幕目に入った。

その皮切りとしてのれんをくぐってきたのは、珍しい客だった。

「まあ、先生」

おちよが顔を見るなり、声をあげた。

「ご無沙汰しておりました」

血色のいい男が笑みを浮かべた。

先生と言っても、春田東明ではなかった。

名倉の骨つぎの若先生だった。

五

明和年間（一七六四―一七七二）に開業した名倉医院は高名な骨つぎだ。

千住の骨つぎといえば、江戸では知らぬ者がないほどだ。駕籠で千住宿へ向かい、名倉で療治を受けてから泊まる患者を目当てにした旅籠がいくつもあるほどだった。

「これはこれは、ご無沙汰をしておりました」

時吉が厨から出て言った。

「ようこそお越しくださいました」

千吉も出迎える。

「今日は薬の仕入れと道具の発注があったもので、久々に江戸へ出てきました」

名倉の若先生が言った。

もはやそれなりの歳だが、千住では老齢の大先生が健在でときどき患者を診ているから若先生に違いない。

「いかがですか、千吉さん」

一枚板の席に腰を下ろした若先生がたずねた。

「はい、達者でやっております」

千吉が白い歯を見せた。

「足のほうは大丈夫ですか」

若先生が気づかった。

「ええ、普通に走れますので」

千吉はその場で腿を上げてみせた。

生まれつき左足が曲がっていて、どうなることかと案じられた千吉だが、若先生が考案した道具を装着し、粘り強い療治を続けたところ、歩けるどころか走れるまでになった。のどか屋にとっては大の恩人だ。

「千吉を負ぶって千住に通っていたころのことをときどき思い出します」

時吉が少し遠い目つきで言った。

「その努力が実を結びましたね」

若先生が笑みを浮かべた。

「松茸と秋刀魚、秋の味覚が入っておりますが、どちらを焼きましょうか」

千吉がたずねた。

「うーん、両方というわけにはいきませんか」

恰幅（かっぷく）が出てきた若先生が少し迷ってから答えた。

「承知しました。では、秋刀魚から」

千吉はさっそく厨に向かった。

入れ替わりに、若おかみのおようが二人の子をつれて出てきた。

「おお、これはこれは」

若先生の表情がやわらぐ。

「上の子の万吉が四つ、下の子のおひなは去年生まれたばかりで」

おようが告げた。

「せっかくだから、先生に診ていただいたら？」

おちよが水を向けた。

「いくらでも拝見しますよ」

若先生が快く言った。

そんなわけで、料理ができあがるまでのあいだに、二人の子を診てもらうことになった。

土間に立たせ、ひとしきり足の曲げ伸ばしをする。ひざはどうか、足首は動くか、若先生は入念に吟味した。

「いいですね」

まず万吉を診終わった若先生が言った。

「どこも不都合はありません。健脚になりますよ」

若先生は太鼓判を捺した。

「ありがたく存じます。……いっぱい歩けるようになるって」

およう は頭を下げてから万吉に言った。

「うんっ」

わらべが花のような笑顔になる。

「今度は看板娘さんだ」

若先生はおひなを診はじめた。

勝手が違うのか、初めのうちはあいまいな顔つきだったおひなだが、どうにか泣かずにすんだ。

「こちらも大丈夫ですね。育つにつれて、しっかり歩けるようになるでしょう。……はい、いい子だったね」

若先生はおひなの頭をなでた。

ほっとしたのか、おひなは笑みを浮かべた。

「わたしに似なくてよかったです」

秋刀魚を焼きながら、千吉がしみじみと言った。

「いや、その苦労が身になっていると思いますよ」

若先生が言った。

「ほんとにありがたいことで」

おちよが両手を合わせた。

六

秋刀魚の塩焼きが来た。

たっぷりの大根おろしに醬油をたらし、ほぐした身に載せて食す。

「まさに口福の味ですね」

若先生が満足げに言った。

「松茸も焼きますので」

千吉が言った。

「松茸は天麩羅もできますが、いかがいたしましょう」

時吉が問うた。

「それはどちらもいただきましょう」

若先生が迷いなく答えた。

秋刀魚の塩焼きに続いて、焼き松茸と天麩羅もできた。上機嫌で箸を動かしながら、若先生は千住宿の話を伝えた。

千住に柳屋（やなぎや）という三代続く旅籠がある。鰻料理が自慢のこの旅籠とものどか屋は縁があった。

のどか屋を定宿にしてくれているありがたい常連に、野田（のだ）の醤油づくりの花実屋（はなみや）がいる。だいぶ前だが、花実屋から招かれて、時吉と千吉が野田へ行ったことがあった。そのときに泊まったのが柳屋だ。

いろいろといきさつがあって、おもんという女がこの旅籠で住み込みで働くことになった。おもんには宗兵衛（そうべえ）という子がいた。当時、まだ三つだったが、かつての千吉と同じく、足が曲がっていた。

これまた千吉と同じく、足に矯正（きょうせい）のための道具を取りつけ、粘り強い療治を続けることになった。

　療治が功を奏し、宗兵衛の足はだいぶ良くなったようだ。

「宗兵衛ちゃんの足が治ってよかったですね」

　おちよが笑みを浮かべた。

「まだ千吉さんのように走れたりはしないのですが、着実に良くなっていますので」

　若先生はそう言うと、松茸の天麩羅に箸を伸ばした。

「お母さんもお達者で？」

　おようがおもんを気づかった。

　わけあって宗兵衛とともに大川へ身を投げたおもんだが、みなに助けられて立ち直った。

「ええ。気張って働いているという話で」

　若先生はそう答えて、松茸の天麩羅をうまそうに胃の腑に落とした。

　その後も千住の話題は続いた。

　季川の古い俳諧仲間で、千住で長屋をいくつも持っている高原正玄（たかはらしょうげん）は月に一度、名倉に通って療治を受けている。その話によると、季川にも会いたいから、近々江戸へ行くつもりなのだそうだ。

「でしたら、お泊まりはぜひうちへ」

千吉が如才なく言った。

「伝えておきましょう、千吉さん」

名倉の若先生が笑顔で答えた。

七

それから十日あまり経った。

のどか屋に一挺の駕籠が着いた。

中から下り立ったのは、千住の高原正玄だった。

「これはこれは、ようこそお越しくださいました」

時吉が笑顔で出迎えた。

かつて千住の住まいを訪ねたことがあるし、正玄ものどか屋に来て歌仙を巻いたことがある。

「久々においしいものをいただきに来ました」

俳諧師が笑みを浮かべた。

「気張ってつくりますので」

千吉が厨から言った。

今日は親子がかりの日だ。

「師匠はそろそろ見えると思いますので、どうぞお先に」

おちよが一枚板の席を手で示した。

「お泊まりはお二階でよろしゅうございましょうか」

おようがたずねた。

「ええ。三日ほど逗留して、江戸見物をさせていただきますよ」

正玄が温顔で言った。

おようが荷物を二階に運んだ。この日に江戸へ来てのどか屋に泊まることは、季川に文で伝えてある。おとつい療治に来たときに、隠居がそう話していた。間を置かずに泊まりになるが、今日はみなで酒肴を味わいながら歌仙を巻き、隠居はいつもの一階の部屋に泊まって、旧友とともに豆腐飯の朝膳を味わうという段取りだ。

酒が運ばれ、ややあって肴ができた。

「お待たせいたしました。落ち鮎の煮浸しでございます」

千吉が正しく皿を下から出した。

「落ち鮎ですか。これはおいしそうです」

正玄が身を乗り出した。

落ち鮎の煮浸しは手間のかかる料理だ。

焼いた鮎を水煮をして、あくを抜く。湯を足しながら四刻（約八時間）煮て、翌る日まで置いておく。

それから砂糖を二、三回に分けて入れ、一刻（約二時間）煮る。

ここでようやく味醂を加え、さらに酒を加えてそれぞれ一刻あまり煮る。また翌る日まで置くことになるから三日がかりだ。

最後に濃口醬油を入れて煮る。これも二、三回に分けて入れ、じっくりと煮るのが骨法だ。

一刻ほど煮たら、冷めるまで煮汁に浸しておく。食すときにせん切りにした茗荷と生姜を載せればようやく出来上がりだ。

「味がいい塩梅にしみていますね」

正玄が満足げに言った。

「落ち鮎はただ焼くだけではもったいないので、煮浸しにしてみました」

時吉が言った。

「この時季ならではの美味ですね。卵もたっぷり入っています」

千住の俳諧師が笑みを浮かべた。

そのとき、表から駕籠かきの掛け声が響いてきた。

「お着きかしら」

おちよがいそいそと出迎える。

案の定だった。

駕籠から下り立ったのは、季川だった。

八

「お達者そうで何よりです、先生」

正玄がそう言って季川に酒をついだ。

歳はひと回りほど下だから、先生と呼んで立てている。

「正玄さんも顔色がいいね」

季川が笑みを浮かべた。

「おいしいものをいただいておりますから」

千住から来た男が笑顔で答えた。

ここで千吉が料理を運んできた。

もちろん、落ち鮎の煮浸しだ。

「あとで天麩羅の盛り合わせをお持ちします」

のどか屋の二代目が白い歯を見せた。

「この落ち鮎の煮浸しは絶品ですよ」

正玄が季川に言った。

「三日かけた料理ですから」

千吉が胸を張る。

「それはありがたいね。なら、落ち鮎を皮切りに歌仙はどうだい。時はたっぷりあるし、追い追いに天麩羅も揚がるから」

季川が水を向けた。

「さようですね。では、おかみもまじえて」

正玄がおちよのほうを見た。

「承知しました。秋の恵みを詠みこんだ歌仙で」

おちよのほおにえくぼが浮かんだ。

「二代目もどうだい」

季川が千吉に言う。

「わたしはまず料理をつくらないと」

千吉がそう答えたから、のどか屋に和気が漂った。

「では、発句は正玄さんに」

季川がそう言って猪口の酒を呑み干した。

「それは大役ですね」

正玄も酒をくいとあおると、こめかみに指をやった。

おちよは早くも墨を磨り、紙に書きとめる支度を始めている。

ややあって、発句ができた。

嬉しきは腹の恵みぞ落ち鮎は　正玄

ここから「落ち鮎の巻」が始まった。

九

天麩羅はまず松茸、それから舞茸と平茸を揚げた。
秋の山の恵みだ。
季川と正玄が舌鼓を打ちながら歌仙を進める。
おちよが清記しながらおのれも加わる。だんだんに句の数が増えていった。

嬉しきは腹の恵みぞ落ち鮎は　正玄
時をかけたる料理なりけり　季川
秋の恵みは時の恵みか野に山に　ちよ
まづはこの味　秋は松茸　正玄
舞茸も負けじとここに控へをり　季川
川の恵みも海の恵みも　ちよ

「では、その海の恵みを」

時吉が次の料理を運んできた。

秋刀魚の蒲焼きだ。

「これもおいしそうですね」

正玄の顔がほころぶ。

「海老と穴子も控えておりますので」

時吉が白い歯を見せた。

「気張って揚げてます」

千吉のいい声が響いた。

歌仙は続く。

蒲焼きはこれもありけり秋刀魚秋刀魚　正玄
穴子も鰻もおやおや竹輪も　季川
ここで一本　穴子師範の揚がりぷり　ちよ
真つすぐなるは料理人の腕　正玄
天麩羅をさくりと嚙めば海の味　季川
色はこちらぞ海老天の赤　ちよ

ここでおようが二人の子をつれて出てきた。

「一句どうだい、若おかみ」

季川が上機嫌で言う。

「えー、わたしは下手なので」

おようは尻込みをした。

「思いついたものでいいから」

おちよが言う。

「では、わたしの代わりに入ってください。じっくり天麩羅を味わっていますから」

正玄がそう言って海老天に箸を伸ばした。

そんなわけで、おようも入ることになった。

のれんにも嬉しき訪れ秋風は　よう
客の訪（おとな）う足音ぞする　季川
長く続く見世はお客のおかげにて　ちよ
「毎度ありがたく存じました」　よう

若おかみの明るき声も膳のうち　季川
中食代には入らざれども　ちよ

ここでおようはお役御免となり、再び正玄が入った。
料理はしめ鯖(さば)が出た。
鯖も秋が旬の魚だ。

おれもゐるおれもゐるぞと鯖が言ひ　正玄
お見それしたとしめ鯖の味　季川
お次なるあの揚げ物は鱚(きす)天か　ちよ
海山の幸のどか屋にあり　正玄
ひと月にいくたびも食ふ豆腐飯　季川
変はらぬものは名物の味　ちよ

「ほんとに、変わらぬ味がいちばんだよ」
季川がそう言って、しめ鯖を口中に投じた。

「豆腐飯も楽しみにしてきました」

少し赤くなった顔で、正玄が言った。

歌仙は佳境に入った。

ほつこりと横山町ののどか屋で　正玄
呑み食ひするは至福の時ぞ　季川
ありがたきお客さまがたの顔と顔　ちよ
次々浮かぶ秋麗の峯　正玄
紅葉のあの山々に美味いくつ　季川
みんなまとめてけんちん汁に　ちよ

「そう言われてみたら、食べたくなるね」

隠居の白い眉がやんわりと下がった。

「けんちん汁なら、すぐお出しできますよ」

時吉が厨から言った。

「中食でも出したので」

千吉が和す。

「なら、一杯いただこうかね」

「わたしも」

隠居と正玄の手が挙がった。

ありがたきこのひと椀の具の多さ　正玄
大根もあり人参（にんじん）もあり　季川
葱もゐて蒟蒻（こんにゃく）もゐるめでたさよ　ちよ
身の養ひになるうまき汁なり　正玄
この歳で身を養ひても仕方なけれど　季川
なんの長生きいつそ百まで　ちよ

「はは、それは長生きのしすぎだね」

隠居が笑って言った。

「百まで生きてくださいまし、師匠」

おちよが情のこもった声音で言った。

歌仙は最終幕に入った。

うまきもの食うて笑つていつまでも　正玄
暮らしたきものこの江戸の町で　季川
それぞれの暮らしはみな屋根の下　ちよ
けふも動くは膳の箸なり　正玄
落ち鮎をつまむ箸は重たくて　季川
口に広がる秋の恵みよ　ちよ

「決まったね、おちよさん」

季川が満面の笑みで言った。

「うまく幕が引けました」

正玄が満足げに言う。

「どうにか挙げ句まで詠めました」

おちよがほっとしたような笑みを浮かべた。

第八章　紅葉弁当とけんちんうどん

一

「もう大丈夫ですね」

つややかな総髪の医者が言った。

御幸順庵だ。

「さようですか。ありがたく存じました」

おようがほっとしたように頭を下げた。

おひなが熱を出してしまっておろおろしていたのだが、薬が効いたらしく、幸い下がってくれた。

「はやり病などではなさそうですから、このまま本復してくれるはずです。あたたかくして休ませてあげてください」

順庵は笑みを浮かべた。

診立てがたしかだから、この界隈で信を置かれている医者だ。

「承知しました」

およはまた頭を下げた。

「では、これで」

ほかの患者が待っている順庵が腰を上げた。

「ご苦労さまでございました」

おちよが労をねぎらった。

「ありがたく存じました」

千吉も厨を出て、深々と一礼した。

「このところ、冷や汗ばかりで」

医者を見送ったあと、およが額に手をやった。

「そうだね。万吉のこともあったから」

千吉はせがれのほうを手で示した。

いまは猫たちに向かって無邪気に猫じゃらしを振っている。

「こうやって中にいてくれたら安心だけど」

おようが言う。

五日ほど前のことだ。

万吉は大松屋の升吉と表で遊んでいた。ところが、急に通りへ飛び出してしまい、勢いよく走ってきた荷車に危うく轢(ひ)かれそうになった。

荷車引きの怒号と万吉の泣き声が響き、おようはあわてて外へ飛び出した。見ていた者の話によると、本当に間一髪(かんいっぱつ)だったらしい。

「表で遊ぶなら、のどか地蔵のあたりだけで、荷車が来るところはやめろと言ってあるから」

千吉が言った。

「そうは言っても、いきなり飛び出したりするのがわらべだからねえ」

おちよが首をかしげた。

「そのうち、息災(そくさい)祈願でもしたほうがいいかも」

と、およう。

「そうだな。休みの日にでも行くか」

千吉が乗り気で言った。

「だったら、出世不動はどう？　清斎先生の療治長屋へ里子に出した子猫の様子も見てこられるし」

おちよが水を向けた。

「ああ、そうだね。安房屋さんにもごあいさつしたいし」

千吉は古いなじみの醬油酢問屋の名を出した。

こうして、話が決まった。

二

次の休みの日――。

千吉とおようは二人の子を時吉とおちよに託してのどか屋を出た。向かうは神田三河町の出世不動だ。

時吉とおちよが事あるごとにお参りしてきたお不動様だ。初めに三河町にのれんを出したのどか屋は、あいにくもらい火で焼けてしまった。当時は健在だった初代のどかともはぐれてしまったが、なんと出世不動の境内で猫と再会を果たした。それ以来、時吉とおちよはいくたびも出世不動に詣でてきた。

今日は千吉とおようだ。おひなが熱を出したり、万吉が荷車に轢かれかけたり、冷や汗をかく出来事が続いたあとだけに、二人はひときわ気を入れて無病息災を願った。

そのあとは青葉清斎と羽津の診療所に顔を出した。

診療の邪魔をしてはいけないから、里子の様子を見に来たという来意を手短に告げた。

羽津の弟子の綾女が療治長屋に案内してくれることになった。

「あっ、あの子ですね」

綾女が前方を指さした。

「茶白の縞猫だからすぐ分かる」

千吉が笑みを浮かべた。

今年、二代目のどかが産んだのは、のどか屋に残した白猫のこゆきを除けば、みな初代のどかから続く茶白の縞猫だ。

「わあ、大きくなったわね」

近づいたおようが驚いたように言った。

「こゆきちゃんより大きい」

先輩格の猫と互いに身をなめ合っている里子を指さして、千吉が言った。

「ちゃんと療養の友をやってくれてます、おあやちゃんは」

綾女が笑顔で猫を指さした。

「えらいわね」

おようが首筋をなでてやる。

里子は逃げる様子もなく、おようの手のにおいをかいでからぺろりとなめた。

「いい子、いい子」

さらになでてやると、大きくなってきたおあやは気持ちよさそうにのどを鳴らした。

「偉いわね、おあやちゃん」

里子に向かって、おようが言った。

「みなにかわいがられて、しっかりつとめを果たすんだぞ」

千吉も言う。

「……みゃあ」

分かったにゃとばかりにおあやがないたから、場に和気が漂った。

三

療治長屋を後にした千吉とおようは、安房屋へ向かった。

醬油酢問屋の安房屋はこの地で長くあきないを続けている老舗だ。先代の辰蔵は隠居の季川とすこぶる仲が良く、のどか屋の常連の両大関のようなものだった。

さりながら……。

のどか屋が焼け出された先の大火に巻きこまれ、悲しむべきことに、辰蔵は命を落としてしまった。周りは深い悲しみに包まれた。

だが、いまは跡取りの新蔵がのれんを立派に守り、子がいくたりもできて問屋も繁盛している。流山の味醂づくり、野田の醬油づくり、のどか屋の常連の醸造元も江戸へ来るたびに顔を出してあきないを進めている。

その安房屋へ顔を出した千吉とおようはあるじの新蔵にあいさつした。

「安房屋さんの品を使って、毎日料理をつくらせていただいております」

千吉がていねいに頭を下げた。

「こちらこそ、使っていただいてありがたく存じます」

恰幅が出てきた新蔵が礼を返した。

「安房屋さんの調味料を使うと、ひと味違うお料理になりますので」

おようが如才なく言った。

「いえいえ、二代目さんの腕でございましょう。お噂はかねがねうかがっております」

安房屋のあるじが笑顔で言った。

「横山町のほうへお越しの節は、ぜひのどか屋へお立ち寄りくださいまし」

千吉が白い歯を見せた。

「承知しました。そのうち、必ずうかがわせていただきます」

新蔵は引き締まった表情で答えた。

安房屋を出た二人は、ゆっくりと帰路に就いた。

「せっかくの休みだから、どこかで何か舌だめしをしていこう」

千吉が言った。

「そうね。お団子がいいかしら」

おようが首をかしげた。

「団子なら、上野広小路（ひろこうじ）まで行けばあるね」

千吉が答えた。

「なら、ゆっくり行きましょう」

おようが笑みを浮かべた。

しばらく進むと、向こうからどこかで見たような身のこなしの男がやってきた。

「あれは、ひょっとして……」

千吉が瞬きをした。

案の定だった。

そこはかとなく歌舞伎役者のような色気が漂う身のこなしの男は、十手持ちの鎌倉町の半兵衛親分だった。

向こうもはっとしたような顔つきになった。

「ご無沙汰しておりました、親分さん。のどか屋の跡取り息子の千吉です」

千吉が先にあいさつした。

「これはこれは、ご無沙汰しておりました」

相変わらず一分の隙もない着こなしと身のこなしで、土地の十手持ちが答えた。

若いころは男前で鳴らした十手持ちだが、いまもその男の色気は失われていない。

長く独り者だったが、常磐津の師匠と遅く夫婦になり、いまは子もできて平穏に暮らしているようだ。

子について訊かれたから、万吉とおひなの話をした。半兵衛親分は笑みを浮かべて聞いてくれた。

「では、ご家族つつがなくお過ごしくださいまし。御免なすって」

半兵衛親分は渋いしぐさで手刀を切った。

「親分さんも」

「失礼いたします」

のどか屋の二人の声がそろった。

四

秋が深まり、紅葉(もみじ)の季節になった。

春は桜、秋は紅葉。

江戸の民が毎年の楽しみにしている行楽だ。

のどか屋では行楽に欠かせない弁当の注文が増えた。おかげで厨は大忙しだ。

茸飯または栗(くり)ご飯に紅葉麩(ふ)を散らした弁当は、蓋を取ればそこでも紅葉見物ができると大評判だった。一段の折詰もあれば、食べでのある二段重ねの弁当もある。紅葉見物を兼ねた道場の野稽古の弁当はずっしりと重かった。

大和梨川藩からも弁当の注文が入った。

筒堂出羽守の希望で、弁当は鰻重になった。国元では鮎などは獲れるが、鰻は根づいていない。戻ってきた藩主が、ぜひとも江戸の鰻をと所望したようだ。

そんなわけで、その日ののどか屋は朝から鰻屋さながらになった。

二人の勤番の武士ばかりでなく、お忍びの藩主も弁当を受け取りに来た。

「世話をかけるな」

筒井堂之進と名乗る着流しの武家が右手を挙げた。

「いらっしゃいまし」

おちよが頭を下げた。

「いただきに参りました」

稲岡一太郎が白い歯を見せた。

「蒲焼きのええ香りがしますね」

兵頭三之助も笑みを浮かべる。

「朝から親子がかりでつくらせていただきましたので」

弁当を渡したら長吉屋へ向かう時吉が言った。

「われらだけのためにすまぬな」

お忍びの藩主が労をねぎらう。

「いえ、中食を鰻丼と肝吸いにしますので」

千吉が厨から言った。

「それなら、われらだけのためではないな」

快男児が笑った。

「今日は原川さまは？」

おちよが家老の名を出した。

「腰が痛いゆえ、紅葉見物は屋敷の楓(かえで)を愛(め)でると言っておった」

筒堂出羽守が答えた。

「さようですか」

おちよは笑みを浮かべた。

「春田東明先生から折にふれて進講を受け、御役もつとまりそうな自信が出てきた。今日は紅葉を愛でながら呑み食いするぞ」

大和梨川藩主が莞爾(かんじ)と笑った。

「では、まいりましょう」

稲岡一太郎が包みをかざした。

大きな包みだが、剣術の達人は軽々と持つ。

「それがしは大徳利を」

将棋の名手はやや重そうだ。

「途中で替わってやるぞ」

それと察して、お忍びの藩主が言った。

「今日はどちらまで？」

子の世話を終えて出てきたおようがたずねた。

「飛鳥山(あすかやま)だ。品川の御殿山(ごてんやま)も考えたが、いささか遠いからな」

着流しの武家が答えた。

「どうぞお気をつけて」

「行ってらっしゃいまし」

のどか屋の面々が送り出す。

「紅葉見物にはちょうどいい日和(ひより)だ。楽しんで来よう」

お忍びの藩主はそう言って歩き出した。

五

紅葉の季節が去ると、江戸の町を吹く風が冷たくなる。あたたかいものが恋しくなる季（とき）だ。

その日の中食は、けんちんうどんと茶飯だった。

うまくなれ、うまくなれ……。

そう念じながら、千吉は心をこめてうどんを打った。

「けんちん汁はよく出るけど、うどんは久々だな」

「具だくさんで、茶飯がいらねえくらいだ」

「こしがあってうめえ」

なじみの植木の職人衆が箸を動かしながら言った。

人参、里芋、牛蒡、大根、豆腐、蒟蒻、油揚げ、葱……十種に近い具が入っているから、丼はずっしりと重い。

「おう、うまかったぜ」

「また出してくんな、けんちんうどん」

「胡麻の香りが後を引きやがる」

先に食べ終えた大工衆が笑顔で言った。

「毎度ありがたく存じます」

勘定場に座ったおようが頭を下げる。

「まいど、あり、あり」

そのひざに乗ったおひながかわいい声で言う。

「おっ、看板娘だな」

「さまになってきたぜ」

「そのうち、お愛想でも言いだすぞ」

「『次にお越しの際は値引きをさせていただきます』とかよ」

「んなこと言ったらびっくりだ」

大工衆はにぎやかに掛け合う。

四十食の中食は早くも残りが少なくなった。

「あと三食」

千吉が厨から切迫した声を発した。

「おあと三食」

「残り三食で」

おけいとおちえが申し送る。

「お急ぎください。残り三食でございます」

表に出ていたおちよが張りのある声で言った。

「あと三つだよ」

万吉が指を三本立てた。

おちよと一緒に客を急かせる役が気に入ったらしく、このところ毎日つとめてくれている。

「おお、危ないところであった」

剣術指南の武家とその弟子が急ぎ足でやってきた。

「間に合った」

万吉が笑顔で手を拍つ。

「手伝い、偉いぞ」

武家が大きな手で万吉の頭をなでてやる。

ほめられたわらべは満面に笑みを浮かべた。

六

その日は隠居の療治の日だった。

いつもどおり、良庵の療治が終わり、おかねとともにのどか屋を後にした。季川は座敷に残り、酒肴を楽しむ構えになった。

千吉が出したのは鰤の照り焼きだった。

師走になれば、寒鰤の恰幅を備えるところだが、いまはまだただの鰤だ。それでも脂が乗ってきて充分にうまい。

「これからは寒のつく食べ物がおいしくなるね、おちよさん」

舌鼓を打ちながら、隠居が言った。

「寒鰡、寒鰤、寒鰈……」

おちよが唄うように言った。

「そうだね。どれも甲乙つけがたい美味だ」

隠居の白い眉がやんわりと下がった。

そこへ、一人の客があわただしく入ってきた。

「まあ、安房屋さん」

　一枚板の席を拭いていたおようが手を止めて言った。

「用足しのついでに立ち寄らせていただきました」

　安房屋新蔵が言った。

　先日の約を律儀に果たして、顔を見せてくれたようだ。

「安房屋の跡取りさんかい？」

　隠居が猪口を置いた。

「これはこれは、ご隠居さん。ご無沙汰しておりました」

　新蔵がていねいに頭を下げた。

「辰蔵さんに似てきたねえ。まあ、上がって一緒に呑みましょうや」

　季川が座敷を手で示した。

「では、そうさせていただきます」

　安房屋のあるじは座敷に上がった。

「安房屋さんの醤油と味醂を使った鰤の照り焼きをお出ししますので」

　千吉が厨から言った。

「うちはただの問屋で、醸造元の皆様のお働きなので」

新蔵が言った。

「いやいや、江戸でも指折りの問屋だから」

隠居が笑みを浮かべた。

おちよが酒を運んできた。

「まま、一杯」

季川が酒をつぐ。

「恐れ入ります」

新蔵はていねいに受け、隠居につぎ返した。

そのうち、肴ができた。

「鰤の照り焼きでございます」

千吉は新蔵に皿を出した。

「いい焼き加減だよ」

隠居がそう言って、また鰤の身を口中に投じ入れた。

「では、いただきます」

新蔵は一礼してから箸を取った。

ゆっくりと味わう。

「いかがでしょう」

　おようが控えめに声をかけた。

「手前どもが扱わせていただいた醬油と味醂も喜んでいます。おいしいです」

　安房屋のあるじの顔に笑みが浮かんだ。

　さらに、さしつさされつする。照り焼きの次は鰺の干物が出た。これもほどよくあぶってからの醬油がうまい。

「来てよかったです」

　新蔵が笑みを浮かべた。

「それにしても、つくづく親父さんに似てきたね。まるで安房屋さんと呑んでいるみたいだ」

　いまは亡き辰蔵を隠居は「安房屋さん」と呼んでいた。

「亡き父がこのへんに下りてきているかもしれません」

　新蔵が手つきをまじえた。

「そうだねえ……三河町ばかりでなく、岩本町ののどか屋でも、この横山町ののどか屋でも、安房屋さんと一献傾けたかったねえ」

　隠居はしみじみと言って、また猪口の酒を呑み干した。

新蔵も無言で続く。

「まあしかし、近々向こうへ行ったら、また安房屋さんに会えるだろうからね」

隠居はややあいまいな笑みを浮かべた。

「近々と言わず、まだまだこちらにいてくださいまし、師匠」

すかさずおちよが言った。

「この先もおいしいものをお出ししますから」

千吉も言う。

「父はずっと向こうで待っているでしょうから、なるたけごゆっくりと」

新蔵がそう言って、また酒をついだ。

「まあ、先の楽しみにしておくよ」

みなから口々に言われた隠居は笑って答えた。

第九章　浄土（じょうど）の味

一

師走になった。

木枯しが吹きはじめると、あたたかいものがことのほか恋しくなる。

そんな日の二幕目に、春田東明がのれんをくぐってきた。

「まあ、先生、今日は風が冷とうございますね」

おちよが出迎えた。

「首をすくめて歩いておりました」

春田東明が笑みを浮かべた。

「そんな日にちょうどいい料理を仕込んであります、先生」

千吉が厨から言った。

「ほう、何でしょう」

東明はそう答えて一枚板の席に腰を下ろした。

座敷では、いましがたまで職人衆がにぎやかに呑んでいた。およう が片づけ物をしているところだ。

「はい、これ」

万吉が盆に猪口を載せた。

「手伝ってくれるの。偉いわね」

およう はせがれのかむろ頭をなでてやった。

「どうぞ」

おひなも箸を盆に載せる。

思わずほおがゆるむ光景だ。

「かき揚げ蕎麦ではなく、牡蠣（かき）蕎麦をお出しします。衣に揚げ餅（もち）を使うと香ばしくておいしいので」

千吉が師に答えた。

「なるほど、おいしそうですね。ぜひいただきましょう」

春田東明が白い歯を見せた。

今日は進講の帰りということだった。初めのうちは予期せぬ御役にとまどっていた大和梨川藩主だが、このところは進講役が冷や汗をかくほど鋭い質問を発するようになってきたという話だ。

「わたくしのほうも学びになります。殿への進講のために読みこんでいく書物も増えてきました」

総髪の学者が言った。

「それは何よりです。日の本のためにもなるでしょう」

おちよが心強そうに言った。

ややあって、牡蠣蕎麦ができあがった。

「お待たせいたしました」

千吉が師の前に丼を置いた。

「ああ、いい香りですね。さっそくいただきましょう」

東明が箸を取った。

衣にする揚げ餅は手間をかけてつくる。

切り餅を賽(さい)の目に切り、笊に広げる。ひと晩ほどおけば、いい塩梅に乾いてくる。

これを焦がさないようにじっくり揚げる。塩を振れば、これだけでもつまみになる揚げ餅の出来上がりだ。

牡蠣は大根おろしで洗い、さらに立て塩をして水気をよく切っておく。

いよいよ揚げだ。

牡蠣に片栗粉(かたくりこ)をまぶし、溶いた玉子の白身にくぐらせてから揚げ餅をつける。まんべんなく衣をつけ終えたら、かりっと香ばしく揚げる。

丼に茹でた蕎麦を入れ、海苔を敷き、揚げた牡蠣を載せる。風味豊かなつゆを張り、三つ葉の軸とせん切りの柚子を散らせば、千吉が思案した牡蠣蕎麦の出来上がりだ。

「衣がかりっとしているうちにお召し上がりください」

千吉が笑みを浮かべた。

評判は上々だった。

「蕎麦のこし、つゆの風味、そして、かりっと揚がった牡蠣の衣と身のうま味。どれも申し分がないです」

春田東明が満足げに言った。

「ありがたく存じます、先生」

千吉が頭を下げた。

「研鑽ぶりが味に出ていますよ。この調子で励んでください」

学者はそう言うと、また箸を動かした。

「はい、励みます」

千吉がいい声で答えた。

二

牡蠣蕎麦は何人前か仕込んであった。

もし客があまり来なかったらまかないにするつもりだったのだが、案ずるまでもなかった。春田東明が去ってほどなく、まず黒四組の二人が入ってきた。安東満三郎と万年平之助だ。

「触れが出る前だが、改元があってな」

黒四組のかしらが言った。

「カイゲン、でございますか」

おちよが怪訝そうな顔つきになった。

「そうだ。天保が終わり、弘化になった」

あんみつ隠密が伝えた。

「どんな字を書くの？　平ちゃん」

千吉が厨から万年同心に訊いた。

「弘法大師の『弘』に化け物の『化』だ」

万年同心が答えた。

「化け物と言われると、なんだかちょっと」

おちよがあいまいな笑みを浮かべた。

「分かりやすいからいいよ」

千吉が言う。

「今年の五月に御城が燃えたりしたから、験直しの改元らしい」

安東満三郎がかみ砕いて言った。

「まあ、さようですか」

と、おちよ。

「ただ燃えるだけじゃなくて、本丸まで燃えちまったからよ」

あんみつ隠密がそう言ったとき、千吉とおようが盆を運んできた。

牡蠣蕎麦だ。

「はい、できたよ、平ちゃん」

千吉が万年同心の前に丼を置く。

「安東さまのほうには味醂をたっぷり」

おようが黒四組のかしらの前に置いた。

「おう、ありがとよ」

あんみつ隠密が箸を取った。

万年同心も続く。

「うめえな、千坊」

同心は食すなり満足げな笑みを浮かべた。

「気張って思案したんで」

千吉は胸を張った。

「うん、甘え」

あんみつ隠密は相変わらずだ。

ここで猫たちが土間を走ってきた。たちまちくんずほぐれつの猫相撲めいたものになる。

「これ、仲良くね」

おようが声をかける。

「白いのはひとかどの猫らしくなってきたな」

あんみつ隠密がこゆきを指さした。

「猫が大きくなるのは早いですから」

と、およう。

「来春にはもう子を産むかもしれません」

おちよが笑みを浮かべた。

「また里親探しだな、おかみ」

万年同心がそう言って、牡蠣蕎麦の残りを胃の腑に落とした。

「ええ、それはもう慣れていますから」

のどか屋のおかみのほおにえくぼが浮かんだ。

三

翌日の中食の顔は寒鰤の照り焼きだった。

もう師走になったから、ただの鰤ではなく冬の味覚の寒鰤だ。

これに、具だくさんのけんちん汁と小鉢と香の物がつく。けんちん汁はほかの季節にも折にふれて出しているが、やはり寒い時季がありがたい。

「いい焼き加減だぜ」

「飯にのっけて食ったら、なおさらうめえ」

そろいの綿入れの半纏の左官衆が口々に言った。

「けんちん汁もありがてえな」

「毎日食いてえくらいだ」

箸が小気味よく動く。

好評のうちに中食が売り切れ、短い中休みを経て二幕目に入った。

おけいが泊まり客を案内してきたから、部屋に案内して茶を出した。

それが一段落ついたとき、久々の客がのれんをくぐってきた。

「まあ、これは」

おちよが目を瞠った。

「あっ、日和屋（ひよりや）さん」

千吉が気づいて声をあげた。

「ご無沙汰しておりました」

頭に猫の耳をかたどったものを付けた男が言った。

上野黒門町の猫屋、日和屋のあるじの子之助だ。

「今日はお砂糖と豆の仕入れがてら、こちらへお参りにと」

おかみのおこんが頭を下げた。

「お客さんから、うちに頂戴したちささのおっかさんが亡くなったと聞きましてね。遅まきながらお参りにうかがった次第です」

日和屋のあるじが言った。

新しいあきないのようだが、江戸時代からすでにあったものは存外に多い。何でも三十八文で売る見世などは当時の均一ショップだ。

猫カフェも、実は江戸の町にあった。

とりどりの猫を集め、見世で一緒にたわむれることができるようにする。汁粉や団子などを出す見世も多かった。

日和屋でも汁粉と団子を出す。豆と砂糖の仕入れがあるのはそのためだった。

「それはそれはありがたく存じます。ゆきちゃんも喜びます」

おちよが言った。

「のどか地蔵の横手に卒塔婆が立っていますので」

千吉が手つきをまじえた。

前に日和屋へ行ったことがあるから顔なじみだ。

「では、ご案内します」

おちよが笑みを浮かべた。

四

ゆきの墓前には、鰹節と猫じゃらしが供えられた。

日和屋の夫婦が両手を合わせる。

その祈りは長かった。

猫じゃらしはちのの墓前にも供えられた。棒に色鮮やかな細い紐を付けた猫じゃらしは日和屋で使われているものだ。前に二人がのどか屋へ来たころは、初代のどかの娘のちのはまだ達者だった。

夫婦はしょうの卒塔婆の前でも両手を合わせた。ゆきが産んだ黒猫のしょうはまだ生まれていなかった。猫の寿命もそれぞれだ。

「ありがたく存じました」

お参りが終わったところで、おちよが頭を下げた。

「うちのちさを産んでくれたお礼もしておきました」

おこんが言った。

「みなにかわいがられた大往生で」

と、おちよ。

「生まれ変わりのこゆきちゃんが、いまうちにいるんですよ」

千吉が言った。

「生まれ変わりですか？」

子之助が驚いたような顔つきになった。

「ええ、ゆきちゃんにそっくりな目の青い白猫で。二代目のどかの子だから、ほかはみなおっかさんと同じ柄だったんですけど」

おちよが言った。

「では、中へ入らせていただきます」

日和屋のあるじが言った。

「おいしいものをお出ししますので」

千吉が白い歯を見せた。

見世に入ると、ふくとろくの兄弟、それに小太郎がくつろいでいた。

「あっ、この子はうちのちさのきょうだいですよね」

おこんが小太郎を指さした。

銀と白と黒、ふさふさした毛並みが美しい猫だ。尻尾をぴんと立てて歩くさまが絵になる。

「そうです。おちさちゃんはお達者で？」

おちよが訊いた。

「ええ。達者に暮らしております」

日和屋のおかみが笑みを浮かべた。

「小太郎ときょうだいだから、もう十歳ですね」

おちよが感慨深げに言った。

「ええ。いままで何度もお産をして、お客さんのところへ里子に出してきました」

と、おこん。

「あと三歳で、おちさと同じ歳になります」

子之助が言った。

日和屋の跡取り娘のおちさは、見世の看板娘だった。

客たちにかわいがられながら、猫屋で楽しく日々を暮らしていた。

だが……。

かわいそうなことに、急な病で亡くなってしまった。まだ十三歳だった。日和屋は深い悲しみに包まれた。

「そちらも生まれ変わりですからね」

兄たちと遊んでいるこゆきをちらりと見てから、おちよが言った。

「ええ。目もとがそっくりだったもので」

日和屋のあるじがうなずいた。

のどか屋から里子に出した子猫は、左目の下に線が入っていた。そのせいで左右の目の大きさがいくらか違って見えた。

ふしぎなことに、十三で死んだ娘のおちさもそうだった。

これは娘の生まれ変わりかもしれない。

そう考えた日和屋の夫婦は、里子に「ちさ」と名づけた。

「ゆきちゃんは大往生だったので、ちさちゃんも長生きするといいですね」

千吉が言った。

「ええ。一日一日を大切にして、これからも一緒に生きていきます」

おこんがしみじみと言った。

ここで酒と肴が運ばれてきた。

肴は寒鰈の煮付けだ。冬場によく出す、のどか屋ではおなじみの料理だ。

「けんちん汁もお出しできますけど」

千吉が水を向けた。

「ああ、ではそれもいただきます」

「わたしも頂戴できれば」

日和屋の夫婦が手を挙げた。

「承知しました」

千吉が白い歯を見せた。

ほどなくおようが二人の子をつれて姿を現わした。猫屋にはわらべづれの客もしばしば来る。わらべの相手に慣れている子之助とおこんは、万吉とおひなとひとしきり遊んでくれた。

けんちん汁が来た。

例によって、ずっしりと重い椀だ。

「ああ、おいしいですね」

食すなり、子之助が言った。

「里芋がほくほくで」

おこんが笑みを浮かべる。

「人参もひと味違います」

子之助が感心の面持ちで言った。

「砂村の義助さんという方がつくった金時人参で」

おちよは古いなじみの男の名を出した。

「甘みがありますねえ」

「ほんとにおいしいです」

日和屋の夫婦の声がそろった。

そんな調子で、久々にのどか屋へやってきた猫屋の二人は、ややあって満足げに腰を上げた。

「またうちにもお越しくださいまし。新顔の子もたくさんおりますので」

子之助が言った。

「それはぜひ。そのうち、子をつれてうかがいますよ」

千吉が乗り気で言った。

「お待ちしております」

おこんがていねいに頭を下げた。

五

翌日は親子がかりの日だった。

時吉は久々に焼き飯をつくった。ほぐした干物や蒲鉾(かまぼこ)や大豆などが入る具だくさんの焼き飯で、醬油の香りが食欲をそそる。深めの鍋を振り、飯を宙に舞わせながらつくる華のある料理だ。

千吉は穴子の一本揚げだ。

初めのうちはくるんと丸まってしまうなどのしくじりがあったが、いまはもう得意料理だ。どれもほれぼれするほどまっすぐに揚がる。

これにおなじみのけんちん汁がつく。ときどき根深汁なども出すが、やはり一番人気はこれだ。

「やっぱり親子がかりだな」

「焼き飯まで食えるとはありがてえ」

「穴子の天麩羅もさくさくだ」

植木の職人衆が口々に言った。

「飯がぱらぱらで、さすがだねえ」

近くに住む隠居がうなった。

そんな調子で中食が進んでいるうち、思いがけない客が姿を現わした。

「まあ、と……じゃなくて、筒井さま」

おちよが着流しの武家に向かって言った。

「おう。たまには中食をと思ってな」

お忍びの大和梨川藩主がいなせに右手を挙げた。

「いま揚げますので」

千吉がそう言って、穴子をしゃっと鍋に投じ入れた。

「その手つきも値(あたい)のうちだ」

筒堂出羽守が頼もしそうに言った。

「今日はどこぞへお出かけで?」

おちよがたずねた。

「しばらくお役目ばかりだったゆえ、久々に両国橋の西詰で芝居でも見物しようと思ってな」

　快男児が白い歯を見せた。

「まあ、それはようございますね」

　おちよも笑みを返した。

　膳が来た。

「よし、食うぞ」

　お忍びの藩主が両手を軽く打ち合わせた。

　まず焼き飯を匙ですくって口中に投じる。

「うん、うまい。飯粒がぱらぱらだ」

　筒井堂之進と名乗る武家が満足げに言った。

「ありがたく存じます」

　時吉が厨から言った。

　次は穴子の一本揚げだ。

　皿からはみ出た穴子を箸でつまみ、天つゆにつけてさくりとかむ。

「おう、これまた美味だ」

　お忍びの藩主の声が悦(よろこ)ばしく響いた。

けんちん汁も啜る。具を胃の腑に落とす。

「いずれ劣らぬよい味だな」

筒堂出羽守はそう言って、またひとしきり箸と匙を動かした。

見ているほうも気持ちが良くなるような健啖ぶりだ。

ほどなく、すべての料理がきれいに平らげられた。

「美味であった。来てよかったぞ」

お忍びの藩主は会心の笑みを浮かべて立ち上がった。

「ありがたく存じます。またお越しくださいまし」

のどか屋の二代目がいい声を響かせた。

六

二幕目も段取りよく進んだ。

岩本町の御神酒徳利が来て、湯屋のあるじが泊まり客を調子よく案内していった。

元締めの信兵衛も顔を出し、ひとしきり油を売って帰った。

それからほどなく、紅い鯛を散らした派手な着物をまとった男がのれんをくぐってきた。

　目出鯛三だ。

　灯屋の幸右衛門と絵師の吉市もいる。

「いやあ、やっと上がりましたよ」

　開口一番、狂歌師が言った。

「それはひょっとして……」

　おちよが何かを察したような顔つきになった。

「手前どものお原稿です。長年待った甲斐がありました」

　書肆のあるじが言った。

「長年と言うほどでは」

　と、目出鯛三。

「いやいや、それなりには待ちましたので」

　幸右衛門が笑みを浮かべた。

　三人は座敷に上がった。

「『続料理春秋』が仕上がったんですね」

　千吉が厨から出てきて言った。

「二代目が書いた紙をもとにして、やっと仕上がりましたよ」

目出鯛三が白い歯を見せた。

「わたしも料理や食材の絵をたくさん描かせていただきました」

吉市が言った。

「ご苦労さまでした」

時吉が厨で手を動かしながら労をねぎらった。

「ご本はいつごろ出るのでしょう」

おひなとお手玉をしていたおようが訊いた。

「年が明けてからですが、まあ一月の末までには出せるかと」

幸右衛門が答えた。

「またここで千部振舞の宴ができればいいですな」

目出鯛三が言った。

「楽しみにしています」

総髪の絵師が笑みを浮かべた。

酒と肴が来た。

「冷えるので、煮奴鍋(にゃっこなべ)をお持ちしました」

時吉が湯気の立っている鍋をかざした。

「どうぞ」

千吉が鍋敷きを置いた。

「取り皿でございます」

おようが深めの皿を置いた。

流れるような運びだ。

「こりゃ、あったまりそうですな」

目出鯛三が目を細めた。

のどか屋の豆腐料理と言えば豆腐飯だが、冬場は煮奴もよく出る。豆腐と葱をだしで煮ただけの簡便な料理だが、五臓六腑（ごぞうろっぷ）まであたたまる。

「あとで寒鰤の照り焼きをお持ちしますので」

千吉が笑顔で言った。

「天麩羅の盛り合わせも」

時吉も和す。

「今日は版元が持ちますので」

灯屋のあるじが言った。

「なら、千部振舞の前祝いで」

目出鯛三が上機嫌で言った。

当時の書物は千部も売れればベストセラーだった。その祝いとして一族郎党を集め、椀飯（おうばん）振る舞いをするのが習わしで、千部振舞と呼ばれていた。

先に出した『料理春秋』は見事に千部の峠を越え、のどか屋で千部振舞の宴が催された。

「夢よ再び、ですね」

幸右衛門はそう言うと、取り分けた煮奴を口中に投じた。

目出鯛三と吉市も続く。

「五臓六腑にしみわたりますな」

ひと仕事終えた狂歌師が食すなり言った。

「浄土（じょうど）の味ですね」

吉市がうなる。

「ああ、それは引札にいただきましょう」

目出鯛三がすぐさま言った。

「『浄土の味、満載。待望の続篇「続料理春秋」』とか」

灯屋のあるじがいくらか節をつけて言った。

「ああ、いいですね。それでいきましょう」

目出鯛三が両手をぱんと打ち合わせた。

第十章　大川端翁蕎麦

一

「いい塩梅に煮えてるな」

火消しのかしらが目を細くした。

よ組の竹一だ。

横山町は縄張りではないのだが、昔のよしみでのどか屋に通ってくれている。

「おう、どんどん呑め、祝いだからな」

纏持ちの梅次が若い火消しに酒をついだ。

「へえ」

火消しはさっそく猪口の酒を呑み干した。

今日は子ができた祝いだ。座敷には牡蠣大根鍋が出ている。冬の味覚の牡蠣と大根を合わせた鍋だ。

土鍋に昆布と牡蠣と水を入れ、酒と塩と薄口醤油で味を調える。煮立ったところで牡蠣を加え、一味唐辛子を振って煮えばなを食す。

下に敷いた昆布はうま味を出すばかりでなく、牡蠣のあくも集めてくれる。おかげで澄んだ汁になる。酒の肴にもちょうどいい。

「うちもそうだが、これからが大変で」

竜太が言った。

弟の卯之吉も言う。

「夜泣きをしやがるんで」

のどか屋の手伝いをしてくれていた双子の姉妹の江美と戸美をそれぞれ娶った兄弟だ。先に兄の竜太、遅れて弟の卯之吉に子ができて、みな息災に暮らしている。

「おめえんとこは猫もいるからよ」

竜太がそう言って、牡蠣と大根を口中に投じた。

「さちのほうはむやみになかねえけど、赤子は容赦ねえから」

卯之吉が苦笑いを浮かべた。

さちはのどか屋から里子に出された猫だ。幸あれかしという願いをこめて、そう名づけられた。

「これくらいになったら楽になるけどよ」

かしらが万吉を指さした。

さきほど表から帰ってきたところだ。いつものように大松屋の升吉と遊んでいたようだ。

「でも、このあいだ荷車に轢かれかけたので」

母のおようがあいまいな顔つきで言った。

「そりゃ剣呑で」

「気をつけなきゃ駄目だぞ、三代目」

火消しの兄弟が言った。

「当人も懲りたと思いますけど」

と、およう。

「七つまでは神のうちって言うんで、それまでは気をもむことばかりで」

千吉が厨から言った。

いまは天麩羅を揚げはじめたところだ。甘藷の下ごしらえもできているが、油が濁らないように、まずは海老と椎茸だ。

「そのとおりだな」

梅次がそう言って酒を呑み干す。

「千吉だって、いろいろと気をもみましたから」

おちよが言った。

「いまじゃ、押しも押されもせぬのどか屋の大二代目だからな」

竹一が言った。

「ただの二代目でいいです、かしら」

千吉がそう言ったから、のどか屋に和気が漂った。

二

その日は隠居が療治を受ける日だった。

療治は座敷で行うから、先客がいるとできない。

「いま出ますんで」

竹一が右手を挙げた。

「そうかい。わたしのせいで追い出すようで悪いね」

季川がすまなそうに言う。

「いやいや、腰を上げるとこだったんで、ご隠居」

梅次がそう言ってすっと立ち上がった。

「おう、行くぜ」

「さくっと食ってからにしな」

竜太と卯之吉が若い火消しに言った。

「すまないねえ」

隠居が重ねてわびた。

そんな調子で、ほどなく座敷が空いた。良庵とおかねが到着し、おもむろに療治が始まった。

えー、大福餅はあったかい
大福餅はいらんかねー……
売り声が遠くから響いてくる。

「夏は冷やし水、冬は大福餅。季節の移り変わりは売り声でよく分かるね」

腹ばいになって療治を受けながら、隠居が言った。

「さようでございますね。とくにわたしは耳だけが頼りなので、遠くの売り声もよく聞こえます」

良庵が言った。

「こちらには聞こえない声でも、先んじて知らせてくれますよ」

つれあいのおかねが耳に手をやった。

「それはありがたいね」

季川が笑みを浮かべた。

「あっ、いままさに……」

良庵はそこで言葉を切った。

「何か聞こえたかい、おまえさん」

おかねが問う。

「こちらのご常連さんだ」

療治をしながら、良庵が答えた。

「まあ、どなたでしょう」

おちよがのれんのほうに向かった。

ほどなく、話し声が近づいてきた。

出迎えたおちよの顔がぱっと晴れる。

「久しぶりだっちゃ」

かしらの孫助の声が響いた。

のどか屋に姿を現わしたのは、越中富山の薬売り衆だった。

三

「まあ、そうですか。幸太郎さんは琉球組に」

茶を運んできたおちよが言った。

荷を下ろしたら、さっそく得意先廻りだ。酒を呑んでいるいとまはない。

「江戸ののどか屋へ行けないから、残念がってたっちゃ」

孫助が言った。

「おいらはまた来られたんで。……おお、大きくなったな」

こゆきを見て、猫好きの吉蔵が言った。

「子猫はあっという間に大きくなりますから」

おようが笑みを浮かべた。

ややあって、季川の療治が終わり、按摩の夫婦が引き上げた。

隠居は座敷に残り、これから酒肴を楽しむ。

「いくらか腹ごしらえをしてから行くっちゃ」

孫助が言った。

「へえ、承知で」

信平が答えた。

前に来たときは初顔だったが、二度目ゆえ頼もしく見える。

「煮奴ができますが、いかがでしょう」

千吉が厨から声をかけた。

「ああ、ちょうどいいっちゃ」

「あったまってから行きましょうや」

孫助と信平が答えた。

「煮奴なら、わたしにもおくれでないか」

隠居が手を挙げる。

「承知しました」

千吉がいい声を響かせた。

煮奴が来た。

「ここにも昆布が入ってるっちゃ」

吉蔵が言った。

「いまごろは薩摩から琉球へ向かってるころだっちゃ」

孫助がうなずく。

「幸太郎さんの船ですね？」

と、おちよ。

「蝦夷地の昆布が、はるばる琉球まで行くっちゃ」

薬売りのかしらが笑みを浮かべた。

「無事だといいけど、幸太郎さん」

父の辰平を亡くしている信平がぽつりと言った。

「神信心はしてるから、心配ねえっちゃ。……おう、食え」

かしらがうながした。

「へえ」

信平が匙を手に取った。

座敷では、隠居が煮奴を賞味していた。

「まさに、五臓六腑にしみわたるね」

白い眉がやんわりと下がる。

「ああ、うまいっちゃ」

信平が煮奴を食すなり言った。

「江戸の味で」

吉蔵も和す。

「あったまったら、さっそくあきないだっちゃ」

孫助が気を入れるように言った。

「へえ」

「承知で」

薬売りたちがいい声で答えた。

四

翌日の中食の顔は寒鰈のみぞれ煮だった。

師走になるとことのほかうまくなる鰈と大根を合わせた名物料理の一つだ。

これまた名物料理のけんちん汁。それに、大豆と油揚げとひじきが入った炊き込みご飯がつく。夜のうちにずいぶん雨が降って足元が悪かったが、客はいつもどおりに足を運んでくれて無事売り切れた。

二幕目に入ってほどなく、薬研堀の銘茶問屋のあるじ、井筒屋善兵衛がのれんをくぐってきた。

「まだお見えでないね」

座敷をちらりと見て、善兵衛が言った。

「どなたかとお待ち合わせで？」

おちよが訊いた。

「だれかは来てのお楽しみということで」

善兵衛は笑みを浮かべた。

井筒屋のあるじは、座敷に上がって先に一献傾けだした。

肴は中食にも出した寒鰈のみぞれ煮だ。二幕目にも出すべく、多めに仕入れてある。

ただし、大根おろしはそのつどおろして使うようにしていた。おろしてから時が経つと臭みが出てしまう。

「いい塩梅だね」

善兵衛は笑みを浮かべた。

「鰤大根もお出しできます」

千吉が言った。

「いいね。それもおくれでないか」

善兵衛が言った。

「承知しました。ただいまお持ちします」

千吉が答えた。

だしを用いて濃い味つけにすることもあるが、今日は上品な味わいの鰤大根にした。

中食の顔にするときは飯に合う濃いめの味つけ、二幕目の肴として出すときは寒鰤のうま味を引き出す薄めの味つけ。二種を使い分けている。

鰤大根が出た。

「寒鰈と寒鰤の食べくらべだね」

井筒屋のあるじが言った。

「いまが旬ですから」

千吉が笑顔で答えた。

「ああ、これもいいね。しっかりと面取りをしたていねいな仕事だよ」

鰤大根を食した善兵衛がほめた。

「ありがたく存じます」

千吉が頭を下げた。

ここで駕籠屋の掛け声が響いてきた。

「お見えになったね」

善兵衛が箸を置く。

ほどなく、駕籠が着いて客が姿を見せた。

「まあ、おとっつぁん」

おちよが驚いたように言った。

のどか屋に姿を現わしたのは、長吉屋のあるじだった。

五

「しっかり面取りしてあるな。味つけもちょうどいい」

　鰤大根の舌だめしをしてから、古参の料理人が言った。

「ありがたく存じます、大師匠」

　千吉がほっとした面持ちで答えた。

「わたしも面取りをほめていたところで」

　井筒屋善兵衛がそう言って、長吉に酒をついだ。

　あるじが今日のどか屋へ行くつもりだということを長吉屋で聞いて、落ち合うべく足を運んでくれたらしい。

「おっ、どちらも大きくなったな」

　おようが連れて出てきた二人の孫を見て、長吉が笑みを浮かべた。

「下の子はだいぶ言葉が増えてきました」

　おようがおひなを手で示した。

「そうか。そりゃあ何よりだ」

長吉がそう言って、また鰤大根を胃の腑に落とした。

「よし、抱っこしてもらえ」

千吉がおひなを抱っこした。

「おう」

長吉が両手を伸ばす。

「重くなったな」

おひなを抱いた長吉屋のあるじが言った。

「重いよ」

見ていた万吉が言う。

「三代目も大きくなって」

善兵衛が笑顔で言った。

「うんっ」

万吉が元気よく言ったから、のどか屋に和気が漂った。

「この子も大きくなって」

ちょうど通りかかったこゆきを指さして、おちよが言った。

「おっかさんに似てきたな」

長吉が瞬きをした。

「目が青くて、体は白くて、尻尾だけ縞があって」

おちよがどこか唄うように言った。

「目の色に合わせて、青い首紐をつけてあげました」

およう が言った。

「なかなか似合うぜ。……よし、おっかさんのとこへ戻りな」

長吉はおひなを母に返した。

「はい、偉かったね」

おようが抱っこする。

「こゆきちゃんも偉いね」

母に似てきた白猫を、おちよがひょいと抱きあげた。

こゆきがきょとんとした顔で見る。

「みなこうやって代替わりをしていくわけだ。安心して向こうへ行けるぜ」

長吉がそう言って、善兵衛がついだ猪口の酒をくいと呑み干した。

「まだまだこちらにいてもらわないと」

おちよがすかさず言う。

「そうだな。年上のご隠居もまだ達者だから」

長吉は渋く笑った。

六

「毎朝これを食えるのはありがたいっちゃ」

吉蔵が笑顔で言った。

翌朝の朝膳の豆腐飯だ。

「幸太郎さんに悪いけど」

信平がそう言って匙を動かした。

「なに、向こうは向こうで琉球のうめえもんを食うだろうから」

かしらの孫助が言った。

「ああ、けんちん汁もうめえ」

吉蔵が満足げに言う。

「ご好評をいただいているので、今日は朝から具だくさんのけんちん汁にしてみました」

時吉が言った。

「ありがてえこって」

「やる気が出るっちゃ」

「豆腐飯にけんちん汁、言うことねえっちゃ」

薬売り衆が口々に言った。

江戸へ来てあきないをするのはおおむね半年に一度で、正月に来ることも多かったが、今年はあきないの都合で師走だ。つとめを終えたら帰路に就いて、越中富山で正月を迎える。

「昨日は締めの蕎麦がまずかったから、ちょいと遠回りになるが、大川端(おおかわばた)に寄って帰るっちゃ」

孫助が言った。

「大川端に？」

吉蔵がいぶかしげな顔つきになった。

「大川端に翁(おきな)蕎麦っていうおいしい屋台が出るんです。江戸でも指折りの蕎麦で」

千吉が教えた。

「おめえらは初めてだが、前に行ったことがあるっちゃ。ちょいと冷えるが、大川の夕景色もながめられる」

かしらが言った。

「あるじの元松(もとまつ)さんはうちで修業された方で」

おちよが言う。

「うちと一緒で、十手も預かってるんですよ」

千吉が神棚のほうを手で示した。

「とにかく、味はわたしが請け合います」

時吉が軽く胸をたたいた。

「そりゃ楽しみだっちゃ」

信平は笑顔で答えると、残りの豆腐飯を胃の腑に落とした。

七

翁蕎麦にはとろろ昆布が入る。

翁の白い顎髭(あごひげ)のようだから翁蕎麦という名になった。

ほかに、さっとあぶった海苔と彩りのいい紅(べに)蒲鉾が入る。薬味の葱と一味唐辛子。

抜かりのない一杯だ。

　昆布と鰹節、醬油に味醂。どれもいい品を使っている。おかげで、そんじょそこらの蕎麦屋では太刀打ちできない風味豊かなつゆができあがる。

　あるじの元松は元乾物屋だから、昆布や鰹節の目利きに間違いはない。屋台の蕎麦だと侮って食した者はつゆの深い味わいに驚く。

「来て良かったたっちゃ」

　吉蔵が満足げに言った。

「うまいやろ？」

　かしらの孫助が訊く。

「へえ。江戸で食ったなかで、いちばんうめえ蕎麦だっちゃ」

　吉蔵が答えた。

「うまいっちゃ」

　信平も感慨深げに言う。

「ここに屋台を出してる甲斐がありまさ。もう歳でかついで来るのがつらいんで、あと二年くらいでしょうがね」

　翁蕎麦のあるじが言った。

乾物屋の次は浅草亭夢松(あさくさていゆめまつ)という名の素人落語家だった。さりながら、素人落語はまかりならぬという無粋(ぶすい)なお達しが出て、廃業のやむなきに至った。

それから紆余曲折を経て、のどか屋で修業をし、大川端で翁蕎麦の屋台を出した。

「そりゃあ残念で」

と、孫助。

「ただ、屋根のある蕎麦屋をやってみねえかと前々から声をかけてもらってるんで、そっちのほうも考えてみまさ。大川端の元松親分じゃなくなっちまうけど」

大川端は身投げが多い。その一人を助けたことを機に、十手を預かる身になった。巾着切りや空き巣などの悪党も折にふれて大川端に出没する。評判の屋台を切り盛りするかたわら、元松はそちらのほうにも目を光らせていた。

「諸国を廻る薬売りが薬屋になるようなものだっちゃ」

孫助はそう言うと、残りの蕎麦を胃の腑に落とした。

「かしらもそうなるがけ？」

吉蔵が問う。

「いや、そうなったら江戸のうめえもんを食えなくなるっちゃ」

薬売りのかしらはそう言って笑った。

八

翁蕎麦を食した薬売り衆は、だいぶ日が西に傾いてきた大川端をしばし歩いた。

師走の風は冷たいが、歩くのに難儀をするほどではない。

「冷えるから、唄いながら帰るか」

孫助が言った。

薬売りのかしらは越中おわら節の名手でもある。

「へえ。なら、合いの手を」

吉蔵が手を打ち合わせた。

「三味線を弾くふりなら」

信平も言った。

「船が難破する前に、辰と一緒に唄ったもんだ。また越中富山に戻れるようにっていう願いをこめてよう」

孫助がそう言って目をしばたたかせた。

「おとうと一緒に……」

信平は感慨深げにうなずくと、西のほうを見た。

茜(あかね)に染まった雲が目にしみるようだった。

「よし、やるぞ」

孫助が帯を一つぽんとたたいた。

「へえ」

吉蔵がいい声で答え、まず合いの手を発した。

唄われよー　わしゃ囃(はや)す

それに応えて、孫助が唄いだした。

大川の向こう岸まで届きそうな朗々(ろうろう)たる声だ。

来たる春風　氷が解ける
(きたさのさー　どっこいさのさ)
うれしや気ままに
オワラ　開く梅

信平は手を動かし、三味線を弾くふりをした。

唄われよー　わしゃ囃す

思いをこめた唄は続く。
幼いころ、父も唄ってくれた。
その声がだしぬけによみがえってきて、たまらなくなった。
信平はまた西の空を見た。
にじんだ茜の雲のなかに、亡き父の顔が見えたような気がした。

終章　ほうとうと年越し蕎麦

一

薬売り衆が江戸を発つ日が来た。

「最後の豆腐飯だっちゃ」

信平が名残惜しそうに言った。

「また半年後に」

おちよが笑みを浮かべる。

「つくり方は二代目から教わったから、越中富山で食わせてやるっちゃ」

かしらの孫助が言った。

「ほんとけ？　かしら」

吉蔵が顔を上げた。

「ああ、たぶん大丈夫だっちゃ」

孫助が千吉のほうを見た。

「筋がいいので、大丈夫ですよ」

手ほどきをした千吉が太鼓判を捺した。

「大和梨川など、日の本のほうぼうに豆腐飯は伝わっていますから」

時吉が言う。

「お次は越中富山で」

おちよが風を送るように言った。

「そのうち、日の本じゅうで豆腐飯だな」

「津々浦々にのどか屋ができるようなもんだ」

「そいつぁ豪儀（ごうぎ）だ」

朝膳だけ食べに来た大工衆が上機嫌で言った。

「そうなればいいですね」

千吉が手を動かしながら言った。

「でも、ここが本家本元だっちゃ」

孫助が一枚板の席を指さした。

「やっぱりひと味違うんで」

吉蔵が和す。

「半年経ったらまた江戸に来て食うっちゃ」

信平がそう言って、残りの豆腐飯を胃の腑に落とした。

二

「なら、達者でいるっちゃ」

孫助がそう言って、万吉に余った絵紙を渡した。

「お礼は？」

おようがうながす。

「毎度ありがたく存じました」

客に対するかのように、三代目が頭を下げたから、のどか屋に和気が漂った。

「看板娘にも」

吉蔵がきれいな絵紙を渡した。

おひなが好きなかぐや姫の図柄だ。

「ありがたく」

おひなが兄の真似をして頭を下げる。

「よくできたっちゃ」

信平が白い歯を見せた。

「次にお会いするときは言葉が増えているでしょう」

おちよが言う。

「楽しみだっちゃ」

「兄ちゃんと仲良くな」

「猫たちとも」

薬売り衆が口々に言った。

別れのときが来た。

のどか屋の面々ばかりでなく、猫まで見送りに出てきた。

「おまえも大きくなるっちゃ」

吉蔵がこゆきを抱っこして言った。

「みゃあ」

目の青い白猫がなく。

「なるわって」

と、おちよ。

「半年後に来たら、これくらいになってるっちゃ」

孫助が両手を広げたから、のどか屋の前で笑いがわいた。

「では、お気をつけて」

「またのお越しを」

おかみと若おかみの声がそろった。

「豆腐飯、越中富山で広めてくださいまし」

千吉がいい声で言った。

「分かったっちゃ。なら、これで」

かしらの孫助がさっと右手を挙げた。

三

「こいつぁ三河の八丁(はっちょう)味噌だな?」

万年同心が問うた。

「そうだよ、平ちゃん。中食は大好評で」

千吉が厨から言った。

「海老天が入って茶飯付きだからよ」

あんみつ隠密がそう言って箸を動かした。

中食は味噌煮込みうどんの膳だった。こくのあるつゆのうどんに、盛りのいい茶飯。それに、香の物と小鉢がつく。

「安東さまのには砂糖をたくさん入れましたから」

と、千吉。

「多めに代金を払うからよ」

黒四組のかしらはそう言って、また箸を動かした。

仕入れにつてがあるとはいえ、砂糖はまだまだ値の張る食材だ。

「ちょうど三河の悪党を追いはじめたところでな。おれの縄張りじゃねえが」

万年同心が言った。

「三河の悪党ですか」

おちよが少し眉根を寄せた。

「いま韋駄天を走らせてるが、大店(おおだな)の押し込みが続いてな。いろいろと解(げ)せねえところがある」

あんみつ隠密は軽く首をかしげた。

「と申しますと？」

おちよが先をうながした。

「大店のあるじや隠居ばかり集まる講があって、その元締めのところに、おまえらの講の連中のところへ順繰りに押し込んでやるっていう脅(おど)し文(ぶみ)が届いた。で、そのとおりに押し込みが続きやがった」

安東満三郎はそう答えると、甘いつゆの味噌煮込みうどんを胃の腑に落とした。

「まあ、恐ろしいことで」

おちよが顔をしかめた。

「ちょいと思い当たることがあったんで、向こうの代官所に宛てた文を持たせた。韋駄天が飛脚の代わりだ」

黒四組のかしらが言った。

「あいつは飛脚より速いから」

万年同心が渋く笑った。

「まあ何にせよ、そのうち向こうで捕り物になるだろう」

あんみつ隠密が言った。

「年の瀬まで物騒ですね。来年はいい年になるといいです」

願いをこめて、おちよが言った。

「まったくだ、おかみ」

黒四組のかしらがうなずいた。

四

翌日は親子がかりだった。

時吉が焼き飯の鍋を振り、千吉がほうとうを仕上げる。甲州(こうしゅう)の味噌味、武州(ぶしゅう)の醤油味、ほうとうには二種があるが、このたびは武州のほうだ。

「今日はまたいちだんと豪勢だな」

「見ただけで満腹になるぜ」

「なら、おめえは食わずに帰りな」

「んな殺生な」

なじみの左官衆がにぎやかに掛け合う。

「刺身までついているから、盆が一杯だな」

剣術指南の武家が言った。

「焼き飯に少しだけ干物は入っていますが、あとは野菜ばかりなので、海のものも少しと思いまして」

時吉が厨から言った。

「こうやって品数が増えていくんですよ」

おちよが言う。

「客にとったらありがたいがな」

武家は笑みを浮かべた。

「ほうとうも焼き飯も具だくさんで」

その弟子が言う。

「葱だけでもふんだんに入ってます」

今度は千吉が言った。

「ほうとうの里芋がうめえ」

「おいらは油揚げだ」

「おめえ、油揚げだったのかよ」

左官衆は相変わらずだ。

そんな調子で、のどか屋の中食は今日も滞りなく売り切れた。


二幕目に入ってほどなく、珍しい客がのれんをくぐってきた。

「ご無沙汰してました」

やや甲高い、元気のいい声が響いた。

「おう、為助（ためすけ）か」

時吉が驚いたようにかつての弟子の名を呼んだ。

のどか屋に姿を現わしたのは、馬喰町（ばくろちょう）の飯屋、力屋の入り婿の為助だった。

「まあ、おしのちゃん、お久しぶり」

おちよが笑顔で出迎えた。

「やっと来られました」

その女房のおしのが笑みを返した。

「今日は信五郎さんは？」

時吉が問う。

「子守りをしてもろてます。見世は休みで」

為助が答えた。

京から料理の修業に来た為助とおしののあいだに縁が紡がれ、子もできて円満に暮らしている。

「下の子は近所の長屋の方からもらい乳をしています。あんまり長くはいられないんですけど」

おしのが言った。

「うちと同じで、下は女の子だって信五郎さんから聞きました」

千吉が言った。

「ええ、おそのっていう名で」

おしのが答えた。

ここで話し声を聞きつけて、奥からおようが二人の子をつれて出てきた。

「三代目の万吉は、年が明ければ五つで」

時吉が言った。

「大きゅうなりましたなあ。赤子のころにちらっとあいさつに来させてもろたとき以来で」

為助が瞬きをした。

「あ、この子は……」

ひょこひょこと歩いてきたこゆきをおしのが指さした。

「亡くなったゆきちゃんの生まれ変わりのこゆきちゃんで」

おちよが伝えた。

「そうですか。ほんとにゆきちゃんにそっくり」

ゆきの生前は折にふれてかわいがっていたおしのが感慨深げに言った。

「うちの里子は達者にしておりますか？」

おちよがたずねた。

「ええ、やまとはいたって達者で」

おしのが笑顔で答えた。

「お客さんにかわいがられて、幸せな猫ですわ」

為助が白い歯を見せた。

力屋は古い猫縁者だ。のどか屋で飼われていたやまとという猫がいなくなったと思ったら、いつのまにか力屋の入り婿みたいなものになっていた。ぶちと名を改めた猫はその後長く飯屋の看板猫をつとめた。

その後釜として、のどか屋の子猫が里子に出された。いささかややこしいが、名は先代の旧名のやまとになった。

「あ、そうそう、ゆきちゃんのお墓にお参りを」

おしのが言った。

「鰹節とか持ってきましたんで」

為助が包みをかざした。

みなはのどか地蔵のほうへ移った。

「わしゃわしゃいよるで」

為助が指さす。

ふく、ろく、たび。それに、大松屋のまつなどの近所の猫も加わって、のどか地蔵の周りでくつろいでいる。今日は猫びよりだ。

お供えを済ませると、おしのは卒塔婆が立っているゆきの墓の前で両手を合わせた。

「すぐ来られなくてごめんなさい。ゆきちゃん、偉かったね。たくさん子を産んで、みんなにかわいがってもらって、そして……」

おしのは少し間を置いてから続けた。

「またこゆきちゃんになって生まれ変わってきて、偉いね」

「あっ、出てきたで」

為助が指さした。

青い首紐の白猫が小走りにやってきた。

きょとんとした顔でおしのを見る。

「おいで」

おしのが両手を伸ばした。

こゆきは逃げもせずに抱っこされた。

「のどか屋さんの新たな福猫になるのよ」

力屋の若おかみが言った。

「みゃ」

こゆきが分かったにゃとばかりに短くないたから、のどか地蔵の周りに和気が漂った。

五

力屋の夫婦は焼き飯を味わってから帰っていった。かつて時吉の薫陶（くんとう）を受けた為助は、焼き飯の具について事細かにたずねていた。この熱心さがあれば大丈夫だ。

すこし経ってから、二人の客がのれんをぐってきた。

一人は春田東明、もう一人はお忍びの大和梨川藩主だった。

「これはこれは、筒井さま」

おちよが出迎えた。

「いや、今日は筒堂出羽守でいいぞ」

いつもは筒井堂之進と名乗る男が軽く右手を挙げた。

「と申しますと？」

おちよが少しいぶかしげに問うた。

「いつもご進講は上屋敷なのですが、今日はこちらでという殿のご意向で」

春田東明が藩主のほうを手で示した。

「うちでご進講を」

時吉が厨から驚いたように言った。

「藩の有為（ゆうい）の若者も参加させ、実りある進講になっているのだが、たまにはうまいものを食い、一献傾けながら今後の国の行く末について思案したきもの」

快男児はそう言って白い歯を見せた。

「何かあたたまって、腹にもたまるものをという殿の望みで」

春田東明が笑みを浮かべた。

「それでしたら、ほうとうをお出しできます。今日は醬油味です」

千吉が勇んで言った。

中食に出したほうとうは多めに打っておいたから、二幕目の客にも出せる。

「おお、それはもってこいだな」

筒堂出羽守がすぐさま言った。

座敷に上がった二人は地図を広げた。異国の地図だ。

「まあ貴重なものを」

酒を運んできたおちよが言う。

「外つ国の地図でございますか」

おようがそう言ってお通しを置いた。

「そうだ。これは何という国か分かるか」

大和梨川藩主が指さした。

「さあ……島国でございますね」

おようは首をかしげた。

「わが日の本と同じくらいですが、おおよそ半分ほどですね」

東明が言った。

「これは英吉利（いぎりす）という国だ。一見すると小国だが、列強の一つだ」

筒堂出羽守が言った。

「清国（しんこく）とのいくさに勝ったくらいで、国力には侮りがたいものがあります」

つややかな総髪の学者が言った。

世に言う阿片（あへん）戦争のことだ。

「かつては外つ国の船は手当たり次第に打ち払うべしなどという乱暴な触れが出ていたものだが、たとえば英吉利の船にそんな荒っぽいことをしたら、どんな意趣返（いしゅがえ）しをされるか分からぬ。慎重に舵（かじ）を取らねばな」

海防掛の補佐役はそう言って、東明がついだ酒を呑み干した。

「異国船打払令はもはや過去のもので、異国船に薪（たきぎ）や水の便宜（べんぎ）を図る薪水給与令（しんすいきゅうよれい）に改められました。朝令暮改（ちょうれいぼかい）のようですが、阿片戦争の結果を見ると、強気に出る時代ではないことはよく分かります」

春田東明がそう解説した。

ここでほうとう鍋が出た。

「おお、来た来た」

藩主がさっそく箸を取った。

学者も続く。

「相変わらずの美味だな。とろみが何とも言えぬ」

筒堂出羽守が満足げに言った。

「冬場にはありがたい料理です」

春田東明がうなずく。

「こういう料理を外つ国の使節に出せば、喜んでもらえるだろうか」

藩主がふと思いついたように言った。

「どうでしょうか。箸を用いる習慣がありませんので、その場合に何を出せばよいか、前もって知恵を絞る必要があるでしょう」

学者は慎重に言った。

「なるほど」

大和梨川藩主はほうとうを胃の腑に落としてから続けた。

「わが日の本の料理人が、使節の目の前で調理したものを味わってもらうというのも一つの手かもしれぬな」

「ああ、それはおそらく喜ばれるでしょう」

春田東明はすぐさま答えた。

「ならば……」

筒堂出羽守は厨のほうを見た。

「ここのあるじか二代目、どちらでもよいが、いずれそういう機が来れば、ひと肌脱いでもらいたい」

快男児は歯切れのいい口調で言った。

「うちが外つ国の人たちの前で料理を?」

おちよが目をまるくした。

「し、師匠、ここはぜひ」

千吉が時吉に言った。

「いや、これは若い者のつとめだろう。先々の話でもあるからな」

時吉があわてて言った。

「たしかに、先々のことも頭に入れれば、二代目のほうがよいかもしれぬな」

筒堂出羽守はそう言うと、ほうとうをまた胃の腑に落とした。

時吉が厨でほっと一つ息をつく。

「では、千吉さん、その節はよろしゅうお頼みしますよ」

師の春田東明が頭を下げた。

「そのうち、しかるべき役名も授けよう。のどか屋の引札にもなるだろう」

藩主がそんな配慮を見せた。

これで逃げ場がなくなった。

「しっかりね、千吉」

おちよが言う。

「うう、まあ」

千吉はあいまいな顔つきで答えた。

「おとう、お役目気張ってねって」

おようが万吉に言った。

「気張って、おとう」

三代目が笑顔で言った。

「分かったよ」

まだいくらかはっきりしない顔つきで、千吉は答えた。

六

年がいよいよ押し詰まってきたある日、黒四組の二人がのれんをくぐってきた。

「三河の悪党はいち早く捕まったぜ。早飛脚で知らせが来た」

あんみつ隠密がそう伝えた。

「三河の盗賊が捕まったの？　平ちゃん」

一緒に入ってきた万年同心に向かって、千吉がたずねた。

「おう、捕まえたのは向こうの代官所だがな」

万年同心はそう言って一枚板の席に腰を下ろした。

あんみつ隠密にはいつものあんみつ煮、舌の肥えた万年同心には寒鰤の照り焼きを出した。

酒も入ったところで、黒四組のかしらはやおら謎解きに入った。

「初めから臭えと思ってたんだ」

安東満三郎が言った。

「と申しますと？」

おちよが先をうながす。

「大店のあるじや隠居ばかり集まる講の元締めのところに、おまえらの講の連中のところへ順繰りに押し込んでやるっていう脅し文が届く。その後、そのとおりに押し込みが続く。こりゃ、あからさまに怪しいぜ」

黒四組のかしらが謎をかけるように言った。

「ひょっとして、その元締めが咎人（とがにん）だったとか」

千吉が厨から言った。

「読むな、二代目」

あんみつ隠密がにやりと笑った。

「元締めは金遣いが荒いところに加えてあきないで大きなしくじりをやらかし、借財を抱えて首が回らなくなっていた。そこで、脅し文の芝居をして、いもしねえ盗賊をでっちあげて、息のかかったやつらに押し込みをやらせていたっていうわけだ。まったくもって、とんでもねえ野郎だぜ」

黒四組のかしらはそう言って、猪口の酒を呑み干した。

「まあ、ひどいことを」

おちよが顔をしかめる。

「韋駄天がまだ残ってるが、まあこれで一件落着だ。それはそうと、二代目、大きな御役がつくそうじゃねえか」

黒四組のかしらが千吉のほうを見た。

「さる筋から聞いたぜ。外つ国の使節に日の本の料理を供する大役だそうじゃねえか」

安東満三郎が笑みを浮かべた。

「い、いや、まだ雲をつかむような話で」

千吉は首をかしげた。

「明日にでも品川沖に異国船が現れるかもしれねえぞ」

万年同心が言う。

「うう、まあ、そのときはそのときで」

千吉はあいまいな顔つきで答えた。

七

あっという間に大晦日（おおみそか）になった。

まもなく年が明ける。

旅籠付きの小料理屋のどか屋には、正月の初詣（はつもうで）を江戸で行う泊まり客が集まってきた。

つゆのいい香りが漂っている。恒例の年越し蕎麦は親子がかりで多めに打った。

「おう、今年一年、世話になったな、おかみ」

岩本町の湯屋のあるじが顔を見せるなり言った。

「年が明けてもよろしゅうにな」

野菜の棒手振りも笑みを浮かべた。

岩本町の御神酒徳利は今日もいい顔色だ。

「こちらこそ、お世話になりました」

おちよがていねいに頭を下げた。

「年越し蕎麦ができますが、いかがでしょう」

時吉が水を向けた。

「そう言われたら食わなきゃ」

「縁起物だからよ」

岩本町の御神酒徳利が答えた。

あたたかいかけ蕎麦がふるまわれているあいだに、元締めの信兵衛も姿を現わした。

「小耳にはさんだんだが、二代目は外つ国の人に料理をふるまう御役についたとか」

元締めが言った。

「外つ国の人に？」

「そりゃ大役じゃねえか」

湯屋のあるじと野菜の棒手振りが箸を止め、驚いたように言った。

「いや、まだお話をいただいただけで」

千吉が答えた。

「でも、明日にでもお船が来るかもしれないんだから」

おちよが言う。

「そうそう。心構えはしておかないと」

おようも和した。

「来なきゃいいけど」

千吉が小声で本音をもらした。

元締めにも年越し蕎麦が出た。

「いつもの味だね」

信兵衛が笑みを浮かべた。

「いつもの味がいちばんで」

時吉が言った。

「来年も頼むよ」

と、元締め。

「気張ってやります」

千吉が旧に復した声で言った。

御神酒徳利が腰を上げた。

「おっ、明日になればいくつだ、三代目」

寅次が万吉に問うた。

「五つ！」

万吉は元気よく右手を開いた。

「そのとおりだ。偉えな」

湯屋のあるじが笑顔で言った。

「看板娘はいくつだい」

こゆきを抱っこしているおひなに向かって、今度は寅次がたずねた。

みなのまなざしがおひなに集まる。

「えーと……三つ」

おひなは正しく答えた。

「よし、当たりだ」

千吉が両手を打ち合わせた。

「気張っていこうね」

母のおようが言う。

おひなは花のような笑顔でうなずいた。

［参考文献一覧］

野﨑洋光『和のおかず決定版』（世界文化社）
畑耕一郎『プロのためのわかりやすい日本料理』（柴田書店）
田中博敏『旬ごはんとごはんがわり』（柴田書店）
田中博敏『お通し前菜便利集』（柴田書店）
『土井善晴の素材のレシピ』（テレビ朝日）
『一流板前が手ほどきする人気の日本料理』（世界文化社）
『人気の日本料理2　一流板前が手ほどきする春夏秋冬の日本料理』（世界文化社）
『一流料理長の和食宝典』（世界文化社）
志の島忠『割烹選書　春の料理』（婦人画報社）
志の島忠『割烹選書　懐石弁当』（婦人画報社）
鈴木登紀子『手作り和食工房』（グラフ社）

松本忠子『和食のおもてなし』(文化出版局)
金田禎之『江戸前のさかな』(成山堂書店)
料理・志の島忠、撮影・佐伯義勝『野菜の料理』(小学館)
『復元・江戸情報地図』(朝日新聞社)
『国指定重要有形民俗文化財　富山の売薬用具』(富山市売薬資料館)
日置英剛編『新国史大年表　五-II』(国書刊行会)
今井金吾校訂『定本武江年表』(ちくま学芸文庫)

(ウェブサイト)
グルメノート
エミュー
世界の民謡・童謡

二見時代小説文庫

越中なさけ節　小料理のどか屋　人情帖39

二〇二三年十一月二十五日　初版発行

著者　倉阪鬼一郎

発行所　株式会社　二見書房
〒一〇一-八四〇五
東京都千代田区神田三崎町二-一八-一一
電話　〇三-三五一五-二三一一［営業］
　　　〇三-三五一五-二三一三［編集］
振替　〇〇一七〇-四-二六三九

印刷　株式会社　堀内印刷所
製本　株式会社　村上製本所

落丁・乱丁本はお取り替えいたします。定価は、カバーに表示してあります。

ISBN978-4-576-23127-3
https://www.futami.co.jp/